U0654487

中宣部、国家新闻出版广电总局百种经典抗战图书

上海文化发展基金资助

Jewish Refugees and Shanghai

犹太难民
与上海

第1辑

黄媛 李惟玮等 编著

海上方舟
Ark on the Sea

上海交通大学出版社
SHANGHAI JIAO TONG UNIVERSITY PRESS

内容提要

70多年前，纳粹排犹屠犹。1200万人的犹太民族只剩了600万，其时逃亡上海近3万人。每200个犹太人中就有一个被上海和上海人民接纳。

风起于青萍之末时，宋庆龄、鲁迅等先贤即向德领馆抗议排犹，其时英美等国都还没有反映。迫害犹太人的狂潮袭来，原中国驻维也纳大使何凤山，奋签通往上海的生命签证，数千犹太人虎口脱险。

故事从虎穴逃生、流亡上海、困境谋生、隔都磨难……讲到"二战"结束。

图书在版编目（CIP）数据

海上方舟. 黄媛,李惟玮等编著. —上海：上海
交通大学出版社,2015
（犹太难民与上海）
ISBN 978-7-313-13673-2

Ⅰ.①海… Ⅱ.①黄… ②李… Ⅲ.①散文集-中国
-当代 ②犹太人-难民-史料-上海市 Ⅳ.①I267
②K18

中国版本图书馆CIP数据核字（2015）第199574号

海上方舟

编　　著：黄　媛　李惟玮　等			
出版发行：上海交通大学出版社	地　　址：上海市番禺路951号		
邮政编码：200030	电　　话：021-64071208		
出 版 人：韩建民			
印　　制：上海宝山译文印刷厂	经　　销：全国新华书店		
开　　本：710 mm×1000 mm　1/16	印　　张：15.5		
字　　数：142千字			
版　　次：2015年8月第1版	印　　次：2015年9月第2次印刷		
书　　号：ISBN 978-7-313-13673-2/I			
定　　价：48.00元			

版权所有　侵权必究
告读者：如发现本书有印装质量问题请与印刷厂质量科联系
联系电话：021-56482128

《犹太难民与上海》
编委会

主　　任：周太彤

副 主 任：贝晓曦　徐海鹰　道书明　管维镛　陈启伟

编　　委：孙小双　王　健　潘　光　浦祖康

主　　编：王　健

副 主 编：孙小双　陈　俭

执 行 主 编：浦祖康

图 片 总 监：叶明献

编　　审：张志远　张文昌　周民康

征集办公室：孙为民　陈怡华　杨　凡　李宏磊　王鸿均

　　　　　　郑桂芬　李　明　张　奇　刘　扬　熊建民

　　　　　　丁　宁

资 料 翻 译：史文蔚　虞云飞　张枫翌

序一

合上此书，掩卷而思，一股无名的感觉在我的心中油然而生。它似乎在告诉我：在人类惨遭法西斯蹂躏最黑暗的时代，良心并未泯灭，正义尚在人间。请牢牢记住这段难忘的历史！

70年前的今天，当犹太民族近3万民众在中国上海的街头欢欣鼓舞地迎接着"二战"胜利到来的时刻，他们意识到，是上海人民给了他们温暖的庇护，使他们能够见到生命旅程中最为珍贵的曙光。从此之后，不管他们中的哪一位去了世界的哪一个角落，上海终究成为了永远挥之不去的第二故乡。

在虹口区长阳路62号，矗立着一幢外表修葺一新的欧式建筑，进到里边，你可以感受到一股强烈的犹太民族文化气息，这就是当年的摩西会堂——现在的犹太难民纪念馆。馆内陈列的各种物件，反映了当年犹太难民在上海生活的各种场景，虽然经过岁月沧桑的磨砺，依然能够勾起人们无尽的回想。外墙上，用希伯来语镌刻着在上海生活过的犹太难民的名字，召唤着已经离去的犹太人和他们的子孙后代。

几十年来，来自世界各地的很多人光顾过这里，他们中有参观者，更有在这片土地上生活过的人，前来景仰、前来探寻、前来追忆、前来寻根。以色列国的政要们，只要来到上海，几乎都要来这里参观、悼念。最著名的莫过于诺贝尔和平奖得主以色列前总理拉宾了，这位戎马一生的三军总司令，深知和平的重要。他是第一个访问犹太难民纪念馆的以色列政要，他说：二次世界大战时上海人民卓越无比的人道主义壮举，拯救了千万犹太人民，我谨以以色列政府的名义表示感谢。

今年初，虹口区政协管维镛主席来找市政协。他建议，今年是第二次世界大战胜利70周年，为警示人们不忘历史、珍惜和平、面向未来，希望在犹太难民纪念馆的基础上，开展一次史料征集工作，并将征集的成果汇编成册，留存下来，让更多的人了解这段历史，了解中国人民友善、包容的民族情怀。市政协当即表示全力支持。这之后，市政协、上海公共外交协会、虹口区政协的几位同志聚集在一起，查阅资料、召集座谈研讨、探访故居旧里、接待来访来客、编辑故事文章，短短数月，感谢他们的辛勤劳动，《犹太难民与上海》终于在中国人民抗战胜利70周年纪念日之前与读者见面了。

感人至深的故事很多很多，在这套书里，我们更多看到的是人性中的善与爱，是危难之中的坚与贞，是苦难之后的感与恩，是发自内心深处对和平的追求和召唤。

中华民族是热爱和平的民族，是友善、包容的民族。过去，我们用宽阔的胸怀接纳了遭受苦难的人们；今后，我们仍然会用最坚定的信心，张开双臂去拥抱和平。愿这套书给我们带来无限的启迪。

上海市政协主席 吴志明

2015年8月于上海

序二

　　中国上海,在20世纪初叶开始在世界知名,但是直到中国实行改革开放政策前,她却难以称得上是实至名归的世界国际大都市。按照中国改革开放的总设计师邓小平的决策,上海人经过25年的努力奋斗,在很大程度上实现了开发浦东,振兴上海,服务全国,面向世界的历史使命;如今她已经是一座融入世界、举世称道的现代化国际大都市了。这座充满魅力、焕发着青春活力、每天都在演绎着绚丽变化的城市,上海人民的"海纳百川、追求卓越、开明睿智、大气谦和"自励之言最令人心动,它彰显了上海发展的历史轨迹和未来宏图。

　　就在这座城市,古往今来,发生了无穷无尽的故事,犹太难民在上海的故事是与"二战"联系着的不能磨灭的历史。我在上海工作期间,曾经多次自行或陪同外宾(如奥地利总统托马斯•克莱斯蒂尔,1995年7月)前往坐落在虹口区的犹太难民纪念馆缅怀历史。在那里听着承载着犹太难民生的希望的故事会催人泪下,它不仅感动了上海人、中国人,也感动了全世界善良的人们。20世纪初,为了免遭法西斯迫害,一批又一批犹太难民踏上了东方之旅,直奔上海,一时间上海俨然成了近3万犹太难民的庇护所。上海不但接纳了他们,而且与他们在风雨飘摇中同甘共苦,一起渡过了最艰难的岁月。

1998年我到国务院新闻办公室工作，我由我所知的犹太人在上海的故事，扩展到犹太人在哈尔滨和在开封的故事，策划出版了精装的《犹太人在中国》画册 (潘光主编，爱泼斯坦写序，汪道涵题写书名，2001年)，随之在美国举办了大型的图片展，我也以此为题在美国做过演说，这些活动都引起了强烈反响。基辛格博士应我之邀为上海的一部主题相关的短纪录片《逃亡上海》题写了英文片名"*Escape to Shanghai*"。

虽然，许多犹太难民在上海的故事早已漂洋过海，为世人所知。然而，时光已经渐渐久远，幸存者正在慢慢地离开这个世界，在彼时此地的故事却还远远没有讲完。黑暗、曙光；生离、死别；泪水、笑容；道义、感恩，一幕幕场景挥之不去。

上海有一批和这些动人典例息息相关的机构和人们敏锐地感觉到：上海，有责任有义务，要继续讲述和传播犹太难民在上海的故事，用以警醒和昭示人们：不忘历史、珍爱和平、面向未来。

上海市政协、上海公共外交协会、上海虹口区政协共同努力，主动开展工作，经过一段时间的抢救性发掘和社会公开征集，今天，在世界反法西斯战争和中国人民抗日战争胜利70周年之际，这本新的《犹太难民与上海》以栩栩如生、娓娓道来的众多真实小故事，为我们激活了70年前的那段历史记忆。我十分钦敬他们热情、执着、认真和高效的工作，我也借此机会向所有为此做出辛勤劳动的人们致敬：你们为说明真实的中国，讲好中国的故事做出了积极贡献。

研究这段历史，讲好这些故事，是我们这一代人义不容辞的责任，这也是当今中国公共外交实践的重要一环。把它完整地呈现给世界，就是要清清楚楚、明明白白地告诉大家，中国人民是一个善良的热爱和平的民族，她从来不会欺负别人、侵略别人。当这个世界有难时，她一定会坚守正义、挺身而出、出手相救、施以援助。"二战"时期，上海人民救助犹太难民的故事，是一部中国人民和犹太难民共同抵御法西斯暴行，维护人类生命和尊严的历史，是患难与共的人们相互珍爱、彼此关照所谱写的历史。

　　这本书，就是历史的见证。

中国人民大学新闻学院院长　　　赵启正
上海公共外交协会顾问

2015年8月于北京

引　言

　　70多年前，纳粹排犹遍及欧洲，犹太人开始了又一次的大规模流亡。一艘艘轮船仿佛"诺亚方舟"，载着成千上万的犹太人来到了上海——全世界唯一能够大规模接纳犹太难民的土地。

　　在这场犹太民族的浩劫中，1200万人的犹太民族，被屠杀了600万，只剩600万。其时，逃亡上海的犹太难民近3万人，除了数千人经上海去了其他地区外，至1941年12月太平洋战争爆发，仍有25000名左右犹太难民把上海当作他们的避居地。也就是说，每200个犹太人中就有一个被上海和上海人民接纳。

　　1933年，宋庆龄、鲁迅、蔡元培、杨杏佛、林语堂面见德国驻沪总领事，抗议希特勒反犹，是全世界最早的抗议。"海上方舟"讲述了30个故事，内容包括虎穴逃生、流亡上海、困境谋生、隔都磨难……直至"二战"结束，从多个角度反映了犹太难民是怎样由陌生变熟悉、从熟悉到最终融入这块土地的。

　　在"海上方舟"中，可以读到不少新的犹太难民故事，即便是老故事也会读到新的细节和新的理解。

Foreword

More than 70 years ago, Nazi's anti-semitism pervaded the entire Europe and the Jews started a new round of large-scale exiles. Those ships were just like the Noah's Ark which brought thousands of Jews to Shanghai, the only place in the world which could accommodate so many Jewish refugees.

In this catastrophe of the Jewish nation which used to have a population of 12 million, 6 million were killed. At that time, 20 thousand escaped to Shanghai. That is to say, one out of every 300 Jews was received by Shanghai and its people.

In 1933, the protest lodged by Soong Ching-ling, Lu Xun, Cai Yuanpei, Yang Xingfo and Lin Yutang to the German Consul General in Shanghai against Hitler's anti-Semitism was the earliest protest in the world. In "Ark on the Sea", 30 stories are told, whose content varies from escaping from the monster's den, exile to Shanghai, struggle in the plight, ghetto sufferings to the victory of the war, reflecting from various perspectives how the Jewish refugees tried to assimilate into the local community after they got familiar with it as complete strangers.

"Ark on the Sea" describes many new stories about the Jewish refugees, but even the old ones also provide new details and understandings.

海上方舟

目　录
Contents

德领馆至今悬挂木刻画
宋庆龄抗议迫害犹太人

Woodcut Showing Soong Ching-ling Protesting against
Judenhetze is Still Hanging in the German Consulate

1933年5月13日，中国民权保障同盟代表宋庆龄、鲁迅、蔡元培、杨杏佛、林语堂，以及若干外国记者亲赴德国驻上海总领事馆递交抗议书，强烈抗议法西斯政党迫害犹太人。

On May 13, 1933, the representatives of China League for Civil Rights, including Soong Ching-ling, Lu Xu, Cai Yuanpei, Yang Xingfo and Lin Yutang, and many foreign journalists went to the German Consulate General in Shanghai in person to strongly protest against the persecution of Jews by the Fascist political party.

德国驻沪原总领
事芮悟峰

　　有记者讲述难忘一幕，两年前去德国驻沪总领事馆采访，走进
总领事芮悟峰的办公室，茶几上嫣红的蝴蝶兰一下跃入眼帘；四壁
洁白的墙壁上，挂着一幅木刻画和几张黑白老照片。嫣红的兰花
和泛黄的老照片，使办公室显得活力而又古雅。

　　"注意到我办公室墙上挂着的木刻画了吧？"采访临结束时，
芮悟峰总领事主动将记者带到画前。画面描绘的是1933年5月，
宋庆龄、鲁迅、蔡元培等一起到德国驻上海总领事馆抗议德国政府
迫害犹太人的场景。

　　总领事芮悟峰介绍说，当时，美、英等西方国家还都没有关注
到犹太人受迫害问题，但是中国的知识分子关注到了，"这'干涉'
了当时的德国内政，但是'干涉'得非常好！"

　　早在1920年4月24日，中国革命的先行者孙中山先生在给上
海犹太人社团领袖之一埃兹拉的信中就说："所有爱好民主的人
士，对于复兴你们伟大而历史悠久的民族，必然会给予帮助和支

宋庆龄抗议迫害犹太人的木刻画

20世纪30年代的宋庆龄

20世纪30年代的宋
庆龄、蔡元培、林语
堂、鲁迅

持。这一民族对世界文明做出了如此重大的贡献。理应在国际上
赢得一个光荣的地位。"

　　当希特勒开始其反犹太浪潮时，孙夫人宋庆龄曾率领一个代
表团约见德国驻上海总领事，并提出强烈的抗议。1933年5月13
日，中国民权保障同盟代表宋庆龄、鲁迅、蔡元培、杨杏佛、林语堂
以及外国记者史沫莱特和伊罗生亲赴德国驻上海总领事馆递交抗
议书。强烈抗议纳粹，指出自希特勒上台以来，短短四五个月间，
"被捕之工人，已达三四万，而知识分子横遭压迫者，亦在数千之
数。对囚犯施以惨刑或加以虐杀，事后诬为自尽或谓逃亡时中弹
殒命。"

1933年5月13日，以宋庆龄为首的一个代表团会见了德国驻上海领事，对纳粹在德国的暴行表示强烈抗议，代表团成员包括蔡元培、鲁迅、林语堂等。《以色列信使报》在1933年6月2日报道了此事

　　事后，杨杏佛介绍说，"已引起举世特殊之注意，可谓已达到相当之目的。本埠犹太人协会，曾来函感谢。日本文学界亦有一致反对德国焚书暴政之举动，可知正义尚存也。"

　　中国民权保障同盟站在世界反法西斯的战线上，很早就同希特勒进行了斗争，这是中国知识界值得自豪的。

　　纪念这一重要事件的画，至今挂在德国驻沪总领事的办公室里，更值得中国人民自豪。

　　上海人民和犹太人民之间的友谊源远流长。历史上，犹太人和中国人对世界文明都有贡献。中国人也能体会犹太人那种难以言表的遭遇。"二战"期间，有超过3 500万中国人死于日本法西斯的侵略，600万犹太人死于德国法西斯的屠刀下。相同的经历使得中国人民对犹太人抱有深深的敬意和同情。

上海的犹太人也给了中国的民族民主革命和抗日战争以有力的支持，除了著名的莫理斯"双枪"科恩 (Morris "Two-Gun" Cohen)，他是中国民族革命的忠实朋友，还有希伯 (Hans Shippe)，一位来自德国的作家兼记者，他是第一个投身中国抗日战争的犹太人。1939年，他离开上海参加新四军。1941年12月30日，"珍珠港事件"后不久，在山东沂南县与日军的战斗中牺牲。在其牺牲地，中国人民建了一座纪念碑以怀念他。罗生特 (Jacob Rosenfeld)，1939年，以犹太难民身份从奥地利来上海，1941年投身抗日战争，在共产党领导的军队中服务，并以一个外国人担任了军队医务工作的负责人。中国人民不会忘记他在反对日本侵略和建立共和国的斗争中的业绩。

半个多世纪过去了，上海犹太人和他们的后代现在散居于世界各地，但是他们仍然把上海当作他们的故乡。他们是今天发展中国人民与犹太人民传统友谊的一支重要力量。

（黄嫒执笔）

何凤山奋笔签证
犹太人虎口逃生

He Fengshan Issued Visas against All Odds, Helping Jews Flee from the Clutches of Death

"二战"时期，原中国驻维也纳总领事何凤山先生，为了帮助犹太人逃离纳粹的迫害，不顾个人安危，顶住压力向犹太人发放通往上海的签证，救助了数千名犹太人，被誉为中国的"辛德勒"，并被以色列政府授予"国际正义人士"称号。

　　During the WWII, Mr. He Fengshan, the former Chinese Consul General based in Vienna issued visas to Shanghai for Jewish people with standing great pressure, despite of his own safety, in order to help them escape from the prosecution of Nazi German. As he helped thousands of Jews, he was reputed as Chinese "Schindler" and awarded the title of "International Man of Justice" by the Israeli Government.

电影《辛德勒的名单》广为人知，大批面临屠杀命运的犹太人因为辛德勒的救助而幸免于难。人们有所不知的是，中国也曾经有这样一位"辛德勒"——"二战"时期原中国驻维也纳总领事何凤山。正是因为有了他的帮助，许多犹太人才得以逃离虎口。

1901年，何凤山出生于湖南益阳的一个农户家庭，从长沙雅礼大学毕业后，1926年考取德国慕尼黑大学公费留学生，并于1932年以优异成绩获政治经济学博士学位。他在1938—1940年担任中国驻维也纳总领事期间，总共向约4000名犹太人发放了到上海的签证。

何凤山博士，1938—1940年任中国驻奥地利维也纳总领事，是最早以发签证方式救助犹太难民的外交官之一

　　何凤山上任时,欧洲上空已战云密布,纳粹德国肆虐横行,掀起了一股反犹恶浪。当时,奥地利有18万犹太人。纳粹德国为了将犹太人赶尽杀绝,规定集中营里的犹太人只要能离开奥地利就可以被释放,不能走的则成批屠杀。因此,对于奥地利犹太人来说,离开就是生存,留下就意味着死亡,他们纷纷想方设法离开奥地利。

　　要离开,首先要有目的地国家的签证。但当时不少国家,或迫于纳粹的淫威,或强调自身困难,不愿意对犹太人打开大门。求生的欲望使成千上万的犹太人每天奔走于各国领事馆之间,

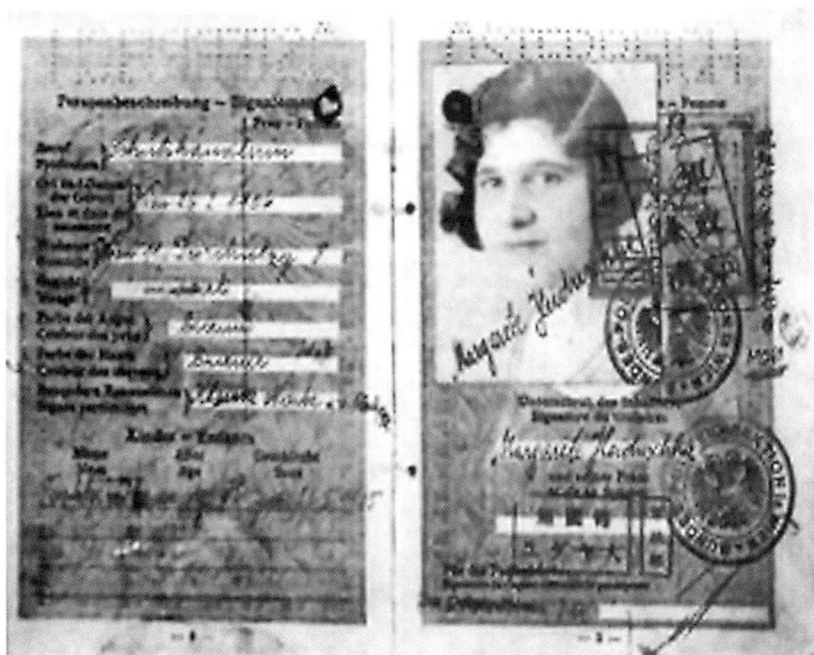

1938年何凤山向玛格丽特·海都斯卡和她的小女儿凯地·德拉斯德签发的护照,让母女俩顺利逃离了法西斯魔爪

但大都无功而返。1938年7月20日，17岁的艾瑞克·高德斯陶伯一次就从中国总领事馆拿到20份前往中国上海的签证的消息传开后，犹太人在中国总领事馆门前排起了长龙。许多求助无门的犹太人在这里拿到了去上海的"生命签证"，从而逃离欧洲去了中国，或转道上海去了美国、澳大利亚等地。顶住压力的何凤山成批给犹太人发放签证的做法，引起了纳粹当局的不满，他们以中国总领事馆的房子是犹太人的财产为借口，没收了领事馆的房子，逼迫何凤山收手，而何凤山却很快自己掏腰包把领事馆搬到了另一处很小的房子里，继续为犹太难民发放去中国上海的签证。

何凤山向犹太人发放签证的做法，驻德大使陈介十分担忧。陈介刚到德国不久，肩负挽救中德关系的重任。由于他并不太清楚德国当时的驱犹政策，认为希特勒不喜欢犹太人，如果给他们发签证，会引起他的不满，从而破坏两国关系，于是反对何凤山给犹太人发放签证。但何凤山没有理睬，继续本着人道主义的精神为走投无路的犹太人发放签证。一些反对何凤山为犹太人发放签证的人就向外交部打小报告，诬蔑何凤山是向犹太人出卖签证谋利。陈介即以此为借口，采取突然袭击方式，派人到维也纳进行调查，并在查无实据的情况下，于1940年5月将何凤山调离了维也纳。

没有人知道何凤山到底向多少犹太人发放了签证。但从一位幸存者保留的1938年6月得到的签证来看，他拿到的签证号码为200多号。到了这年7月20日，另一位犹太难民得到的签证已为

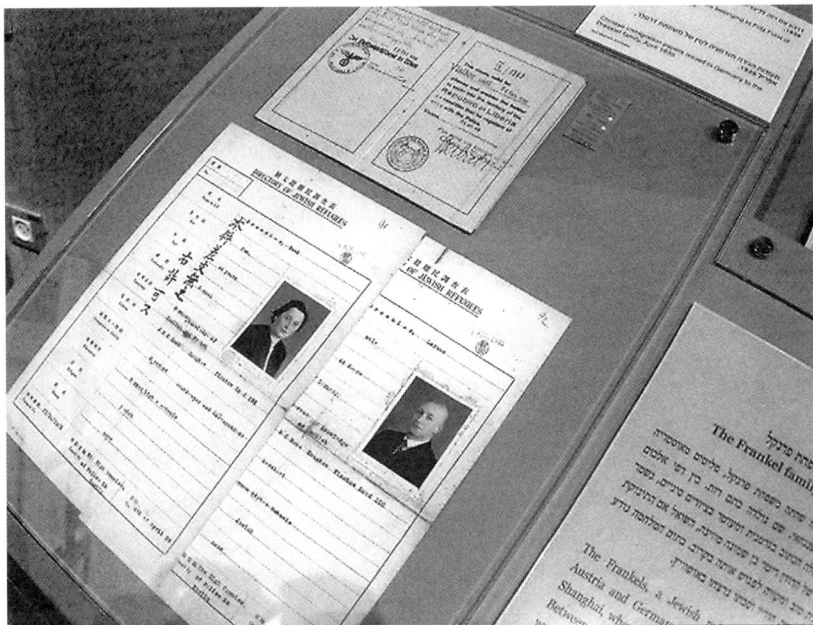

何凤山签发的签证,陈列在大屠杀纪念馆里

1200多号。10月27日,号码数已上升到了1906号。1938年纳粹
"碎玻璃之夜"之后,犹太难民得到签证的就更多了。到1939年9
月,70%的奥地利犹太人已外逃。上海接纳的犹太人就已达到了
1.8万。1943年虹口难民隔离区设立后的一个统计显示,区内有来
自奥地利的犹太人4000左右。由此推算,何凤山给犹太人发放的
签证至少在4000份以上。

1973年退休后定居美国旧金山的何凤山以写作自娱。他在
《我的外交生涯四十年》一书中,在提及救助犹太人一事时写道:
富有同情心,愿意帮助别人是很自然的事,从人性的角度看,这也
是应该的。1998年,在上海犹太人研究中心的学者和美国"犹太

犹太难民船抵达上海

人救命签证组织"的联合努力下,这段尘封的往事被挖掘了出来,何凤山的义举被公之于世。1997年9月28日,96岁高龄的何凤山在美国旧金山去世,其女儿何曼礼在讣告中提到父亲在任中国驻维也纳总领事期间,曾向犹太人发过签证。讣告在《波士顿环球报》刊出后,在美国的犹太裔历史学家艾立克·索尔即打电话向何曼礼询问此事。接着,这位历史学家找到了何凤山亲笔签证的一些犹太幸存者及其后裔,并找到了当年的签证。

2000年4月2日,主题为"生命签证——正义的外交官"的图片展在纽约的联合国展厅开展,对71名外交官进行了特别报道,已故的何凤山博士名列其中。2001年1月23日,何凤山被以色列政

何凤山墓地

以色列大使祭奠何凤山

府授予"国际正义人士"称号。他的名字被刻入犹太人纪念馆的"国际义人园"里。有欧洲历史学家指出,何凤山是解救犹太人最多的"义人"。

(黎犁根据《外滩画报》改编)

如果不是上海
我不可能活着

I Would not Be Alive But for Shanghai

"在'二战'前，许多人觉得上海是东方巴黎，但在很长一段时间里，少有人知道，上海拯救了来自德国、奥地利、捷克斯洛伐克和波兰的1.8万犹太难民。"她说，"如果不是上海的话，我不可能还活着。"

　　"Before World War II, many people thought of Shanghai as the Oriental Paris, but during such a long time, people rarely knew that the city also saved 18,000 Jewish refugees from Germany, Austria, Czechoslovakia and Poland." she said, "I owe my life to Shanghai."

当海伦·毕克斯全家从德国纳粹手中逃难至上海时,她只有4岁,那一年,是1939年。

当时的上海就像一个充满多样文化和语言的大熔炉,热带病四处蔓延。1937年,日本发动淞沪会战,上海沦陷。欧洲此时正开始了一场针对民众的残酷暴行。

战后,毕克斯和丈夫曾经营一家服装公司,现已退休,住在佛罗里达州南部。他们把公司起名叫Beco(贝库),因为那正是毕克斯母亲在上海开的一家裁缝店的名字。

"我珍惜每一天,我想每天做些什么,让我幸存于战争的这段历史变得更有意义。"

1938年,毕克斯住在德国策勒,然而在这年,全家的幸福生活戛然而止。她的继父被送去了集中营,她的母亲贿赂了一名军官才将他释放,于是全家在1939年年初登上了前往上海的轮船。

"在'二战'前,许多人觉得上海是东方巴黎,但在很长一段时间里,少有人知道,上海拯救了来自德国、奥地利、捷克斯洛伐克和波兰的1.8万犹太难民。"她说,"如果不是上海的话,我不可能还活着。"

那时,上海被瓜分成几块:英美公共租界、法租界和中国人居住的隔离区。

当他们初次抵达上海时,毕克斯的继父在法租界租了一间公寓,供包括10岁哥哥在内的一家人居住。

她的母亲卖掉了家里几乎所有的东西凑钱开了一家裁缝店。多亏了毕克斯后来从母亲那里继承的经商头脑,小店营业顺利,还

海伦家曾居住该弄的最后一幢房屋,27号

当年虹口隔离区犹太人住的房子

雇用了中国裁缝。

日军占领上海改变了一家人的命运。他们迫于无奈和其他难民一起居住在虹口的犹太难民区内，就是为人所熟知的"上海隔都"（或称犹太人隔离区）。

"我们过去要走很长一段路穿过又脏又乱的街道，街道上全是黄包车和乞讨者。"她说，"当我回忆起这段时光，我都觉得我是个勇敢的小姑娘。"

传染病在城中肆虐。毕克斯的继父因肺结核和糖尿病的并发症而去世。毕克斯也差点因百日咳送了命，而哥哥侥幸挨过了疟

反映当年犹太难民
拥挤不堪的住处

疾。在犹太区，每天早上都能见到乞讨者的尸体躺在街上，自来水里全是细菌。空袭也是司空见惯的事。

管理犹太区的是一个残酷的日本人，他称自己是"犹太人之王"。能否拿到出去办事的暂时通行证得看他喜怒无常的心情如何。

有一天，在去公共租界上学的路上，毕克斯说曾看见一个日本警卫杀人，仅仅因为那个人没有好好鞠躬。

"我不知道他们之间在说什么。"她说，"但日本兵就在我的眼前杀人。我至今能回想起这个血腥的场景。"

我们的商店，虹口唐山路

　　还记得有一天母亲让她去法租界去看看家里的裁缝店，当她
到的时候，店里已经被洗劫一空了。

　　通过卖布料和经营一些其他的小本生意，母亲艰辛地抚养两
个孩子。为了把孩子送去犹太人学校接受英式教育，她把曾祖母
给的一双银质筷子当掉了。

　　他们后来赎回了那双筷子，毕克斯将它给了女儿，至今她的女
儿在重要家庭聚会时仍在用这双筷子。

　　1948年，毕克斯去了美国，就读于明尼苏达州立大学。在那

Shanghai Jewish School
Form V 1947

1st Row left to right

Ralph Saul, Gunther Sonnenfeld, Reuben Wekselman, Mr. Vilichansky, Hannah
Abraham, Ada Kushner, Helene Helman

2nd Row left to right

Mazo Kleyman, Rachel Budak, Dorothy Manasseh, Bella Segerman, **Annie Richter**,
Marion Simwell, Sarah Kupinsky, Emma Levy, Willi (Bill) Eisner

3rd Row left to right

Nisan (Norman) Fromberg, Giga Kupinsky, Solomon Jacob, **Ernest Gewing**, **Horst
Silberstein**, Jack Cohn, Teva Froloff, Albert Levy.

1947年,海伦·毕克斯(第一排最右)在上海犹太人学校的班级集体照

Seymour Road　　Shanghai Jewish School

西摩路（今陕西北路）上海犹太学校

儿，她遇见了自己的丈夫。

　　这对夫妻在明尼苏达开了 Beco（贝克）服装生产公司，这家公司后来成为了一个著名品牌。毕克斯在1981年和1986年时回到上海。"我一直觉得那是我的第二个家"，她说。

THE HONGKEW CHRONICLE

Founders

Max Kopstein
Curt M. Pollack
Trixie Wachsner
Ingrid Wilmot

| Vol. 1, No. 3 | NEWSLETTER OF THE REUNION '80 COMMITTEE | AUTUMN 1981 |

SPECIAL SHANGHAI TRIP EDITION

MEMBERS OF THE "HONGKEW BRIGADE" RETURN TO THE "GHETTO"

A homogenious group of 13 former "Ghetto dwellers" and one second generation offspring, embarked on what for most was a memorable journey. Under the guidance of our American guide Robert Roy we departed from San Francisco on a JAL 747 on our first leg of the trip to Narita Airport outside of Tokyo, for our overnight stay, prior to continuing on to our first China stop in Peking.

Being a group of former "Leidensgenossen", an immediate and cheerful rapport developed, which lasted throughout those exciting days which were to follow. We were very happy to have two of our "SENIOR" Shanghailanders, Irmgard Zacharias and Kurt Blankenstein as participants, as well as a couple of "YOUNGSTERS", Helen Hellman Bix and Frank Fessler, both of whom left Shanghai as children. Another member of the group was only a "gleam in her parents' eyes", Alice Gran Cavanagh, daughter of Susan and Frank Gran of Connecticut, who accompanied her mother and immediately became a full fledged "Brigade Member".

The couples Henry and Irma Baum, Egon and Lucie Fireside and Heinz and Inge Frankenstein together with the "Singles" Estella Hayden (Pels) and Curt Pollack rounded out the "Brigade". One other member of our travel group was Mr. Lutz Malerwein, the Project Director of the German Television network NDR (Norddeutscher Rundfunk). Lutz accompanied us every step of the way and recorded visually and verbally as many of the impressions as possible, which most of us expressed after an absence of over 30 years, from a place all of us called "home" at one time. Together with a team of professional photographers, Lutz produced a detailed documentary about our Shanghai days during the Ghetto period. This documentary will be aired in Germany some time in early March 1982 for the purpose of further educating the youth of Germany about the atrocities of the Nazi Regime, and the hardships which a little known group of people had to endure. Soon after the showing on German Television we will obtain a Videotape of the program, which we will make available to our fellow Shanghaiers. These tapes may be used for private or group showings in various parts throughout the country.

The general consensus of the participants, regarding the trip, was very positive. Aside from the fact that the many beautiful sights of China, which most of us never had a chance to see during our years of immigration, were part of this trip. We were extremely fortunate in the selection of our Chinese National Guide which was made by the China International Travel Service. His name , what else, is Mr. Yung, he is well educated, young and handsome, and extremely personable. He quickly endeared himself to everyone of the group by his genuine interest in our background and by the effort he made to arrange our "Special Group" status during our stay in Shanghai. This meant that we as a group stayed at the most prestigious hotel in Shanghai, and were granted unlimited free time in Shanghai. He accompanied us on our two separate trips to Hongkew and acted as interpreter to anyone who asked him, which made this visit, at least for me, a memorable occasion.

The time which we spent in each of the cities on our itinerary was fully adequate to see all the worthwhile sights. The TRAVEL SERVICE which provides the itinerary and the local guides, as well as the overseas arrangements for transportation and accomodations, does an outstanding job as far as organization is concerned. All of our accomodations were ready and waiting upon our arrival in the different cities. One should not try to draw any comparisons to Hilton or Sheraton type hotels, which most of us use during our domestic or foreign travels, but one must remember that China

原犹太难民在美国出版的《虹口记事报》

has stood still for over 30 years, especially in the area of tourism. The meals are plentiful and tasty in most instances, and Western style meals can be obtained upon prior request. Since individual tastes differ in any travel group, it is difficult to make any blanket statements, but most everyone was willing to try even something unfamiliar.

The most thrilling experience for most of us though, was the anticipation we all felt throughout the trip, of finally seeing Shanghai and Hongkew once again after so many years, and to allow our emotions to run freely. That long awaited day came on October 26, when our bus left the Jing Jang Hotel (formerly Cathay Mansions) and slowly made its way down Avenue Joffre, then to the former Race Course and on along Nanking Road to 'the Bund. By now everyone had recognized old familiar landmarks such as the Park Hotel, Wing On Department Store, The Cathay and Palace Hotel, Sassoon House and on and on . . . A left turn on Nanking Road at the Bund put us in a straight line with the Garden Bridge and the Broadway Mansion and once on the bridge, many memories of Japanese guards with bayonettes stopping the little Japanese buses, and their shrill sounds when they gave their OK to proceed, seemed to come back to all of us. Slowly we proceeded down Boradway and images of the many Bars that used to line this street seemed to reappear. Some of us even remembered having worked as "Aussenmanagers" for some of these establishments, during less fortunate times. All of that is now gone, but the facades remained unchanged. Excitement was rapidly building as we turned left on Muirhead Road, passing Mr. Goya's former seat of power and then a right turn on Ward Road past the No. 24 Lane to the famous "Times Square" of Hongkew — CHUSAN ROAD AND WARD ROAD —. We stopped in front of the "Weisse Roess'l"

Restaurant for our first encounter with our past. Of course, no more Restaurant, but a glance across the street still reveals the menacing walls and entry gate of the infamous "WARD ROAD JAIL". A few paces further down, the entrance to what once was "WARD ROAD HEIM" a home and food supplier for many of us for many years. Well, it's still there with only a little face lift and added balconies, otherwise, time stood still. Once we reached the corner of Chusan Road, each of us scattered in different directions in search of our own personal favorite landmark. Chusan Road is in bad need of repair, and the houses we left behind looking like, maybe little Vienna, or old Berlin, have now turned into a teaming alley of open shops and overcrowded living quarters. Gone is the European charm of the little delicatessen stores, the Wiener Konditorei, Cafe Barcelona and all the other familiar sights and sounds, which made this street so special to us all. We visited the Wayside Heim, which now is a school again, and the Wayside Kino, the sight of many a superb theatrical performance and High Holy Day services is still a movie house, but it seems there is no dancing on the Dachgarten these days. Walking through once familiar lanes on Wayside, Tongshan, Kungping or Ward Road one can not help but feel that this now strange place was once the haven which saved all of us from the Holocaust, and for that alone most of our hearts beat a little faster, and our eyes filled up with a tear or two in silent gratitude, and in memory of those of our families, who did not survive.

All in all, this trip is a personal experience, which, I am sure will long be remembered by anyone who takes it, and will give all of us an even greater reason for being grateful to be in the country of our choice.

— Curt M. Pollack

"Goya" Headquarters

Entrance to "Ward Road Heim"

Wayside Kino — Dachgarten

1981 年的《虹口记事报》

Famous corner "Wuerst'l Tenor", Chusan — Ward Road

Street Sign Corner, Tongshan and Alcock Road

Chusan Road near Wayside Road

View of Tongshan Road near 818 Lane

No. 24 Ward Road Lane (Imperator)

Bubbling Well Road — Wing On

Broadway Mansions

1981年的《虹口记事报》

珍惜战后每一天的海伦

(李惟玮根据《上海日报》改写)

上海不要签证
避难幸运八年

Not a Visa Needed, Shanghai Provided Easy Access to 8-Year Refuge

来自美国的杰里先生 (Jerry Lindenstraus)，曾是当年得以从纳粹德国逃难到上海的幸运儿之一。70后的今天，他深情回忆起全家艰难的逃往旅程，以及在"上海方舟"中度过的艰难而又温馨的岁月。他想用自己的故事告诉孙辈，没有上海就没有现在的他们。

Mr. Jerry Lindenstraus from the US was one of the lucky fellows who had fled to Shanghai from Nazi Germany. Today, 70 years have passed, he looks back with deep feeling the hard escape journey of his family and the tough but heartwarming days in "Shanghai's Ark". He tells his own story to his grandchildren, hoping them to know that if there had not been Shanghai, they would not have lived today's life.

　　我的名字叫杰里·林登施特劳斯 (Jerry Lindenstraus)，是当年
那些得以从纳粹德国逃难到上海的幸运儿之一。70多年过去了，
在上海这艘接纳和庇佑了数万犹太难民的"诺亚方舟"中度过的
那些艰难而又温馨的岁月，至今仍镌刻于脑海之中。

　　1929年，我出生在德国东普鲁士的一个小镇。纳粹在德国掌
权后，我家创立于1875的家族百货公司被强制折价卖掉。眼看着
失去了生活的主要来源，1938年，我的父亲开始计划离开德国。举
目望去，当时的世界上几乎所有的国家都迫于纳粹德国的淫威拒

摩西会堂

绝接受犹太人避难，而唯有世界的东方有一座叫作上海的城市向苦难中的犹太人敞开宽广而温暖的胸怀。到上海去！父亲终于下定了决心。父亲带着继母、我和其他7个家庭成员，乘坐德国的沙恩霍斯特号游轮，在海上整整航行了30天，历尽千辛万苦，于1940年8月抵达了当时全世界唯一一个不需要签证就可以到达的国际化城市上海，与大约2万多德国和奥地利难民一样，终于摆脱噩梦，并在此安顿了下来。

一开始，我父亲和继母在上海法租界租了一个小公寓，但是这需要付出较为昂贵的租金。因为离开德国时，当局不允许我们把钱带出来，为了保证今后的生活，父亲在临行前给他一位在伦敦的表兄寄了1500美元，这在当时是很大的一笔钱，并希望他在我们到达上海后把这些钱寄来。而父亲的这位表兄却始终没有寄出，我们的生活一下子陷入了困境。没有了钱别说租住法租界的公寓了，就连吃饭都成了问题，于是我们不得不搬到虹口区。这是一个上海普通市民生活的地区，珍珠港事件后日本人占领了上海，在虹口的提篮桥地区设立了一个犹太难民隔离区，2万多犹太难民被迫居住在这里。这是一个没有围墙的隔都，虽然没有围墙，但进出都要受到日本人的盘查。对于大人们来说，适应当下的生活，并且生存下去是一件非常头大的事。由于工作岗位很少，生活来源有限，很多难民不得不靠当街变卖他们的随身物品而生存下来。对于我们这些孩子来说，当时的生活则要容易许多。困境中的犹太人仍然非常重视教育，我们这些孩子大多被送到上海犹太难民子弟协会的学校读书。我所在的学校被大家亲切地称作为嘉道理学校，因为是富有的塞法迪犹太人嘉道理先生捐赠了这所学校，让我们这些漂泊在外的犹太孩子有了一个可以接受教育的地方。记得当时学校实行的是英文教学，要听懂课就必须要学好英语，所有的老师都是德裔犹太人，教学上很尽心，学生也都很努力，我们的英语提高得很快。这是一所很棒的学校，我们在里面做运动，比如足球、乒乓，我还在合唱团里唱歌。

上海的夏天很闷热潮湿。我们和中国邻居住在一样的弄堂和石库门房子里。我们的住所没有自来水，厕所在外屋的屋顶上。但是我们的中国邻居条件更差，他们时不时地会被日本兵骚扰，有时还会被他们打。生活随着战争的推进而愈发艰难。我们只能得到很少的食物，没有牛油和巧克力，热带疾病很猖獗，并且可得到的药物也少得可怜，我染上了疟疾。我们与中国邻居之间和睦相处，关系非常好，他们经常给我们提供一些力所能及的帮助。由于中文太难学，一些中国商人为了与我们交往和经商，就向我们学习一些德语。当时，虽然生活在上海的犹太难民生活极其艰难，但并没有失去生活下去的勇气。在一些慈善机构的资助下，我们有自己的剧院、报纸，甚至还有维也纳式的咖啡馆，还不时开展一些体育运动。

突然有一天战争结束了，日本人连夜撤离上海，我们也获得了自由。我们当中的许多人得到了美国部队里的工作，包括时年17岁的我。我在部队里是一个信差，也是一部军用自行车的骄傲主人。我是第一批得以离开上海去南美哥伦比亚寻找我的母亲的人，如果当时我知道上海会成为如今这个世界上最大最现代的城市中的一个，我想我可能永远也不会离开这里。我总是告诉在纽约的孙辈，如果不是上海和中国人民，我和他们都不可能会在纽

摩西会堂内景

约——这个我已经居住了60年的城市。

　　昔日犹太人在上海建立的摩西会堂，现在已成为上海犹太难民纪念馆。对这个地方我有着非常深的感情。因为我父亲在抵达上海过世后，我曾经连续6个月每天在摩西会堂为他吟诵卡迪什（犹太教为死者祈祷时唱的赞美诗）。更为重要的是，这里也是我举行成人礼的地方。上海犹太难民纪念馆落成之时，我被邀请参加启动仪式。当年的诵经坛，如今已是博物馆的一部分，站在这里，我感慨万千。我永远都不会忘记在上海生活的8年，并且将永远感激上海和中国人民。

（黎犁根据犹太幸存者杰里的发言整理、韩易翻译）

永远感恩上海
拯救我的生命

Perpetual Gratitude for Shanghai for Saving My Life

一位8岁的犹太小难民随双亲及姐姐乘船来上海，当时全家的口袋里只有40马克。初来上海，他们住在一个由犹太组织提供的老鼠乱窜的破公寓里，靠父亲做的小生意谋生。生活艰难困苦，他一家却靠着顽强的精神和经营技能与中国邻居守望相助，坚强地生存下去。

An eight-year-old Jewish refugee came to Shanghai by sea with his parents and elder sister, the whole family with only 40 marks in the pocket. Initially they lived in a shabby apartment provided by a Jewish organization where rats stampeded around, living on his father's small business. In spite of the hard life, his family strived to make a living with their strong will and business skills as well as the support and help from their Chinese neighbors.

　　我叫拉尔夫·曼海姆，现年85岁。我从德国纳粹手中幸存，曾在上海避难。我如今和妻子住在洛杉矶，是一名退休保险代理人。1937年，也就是我8岁那年，我与双亲及姐姐乘船来上海，当时全家的口袋里只有40马克。

　　在接受《上海日报 (Shanghai Daily) 》采访时，我对他们讲述了在上海的这段往事。

　　屠杀开始后，我和我的家人当时别无选择，只有离开希特勒的屠杀场。我仍记得我和父母、姐姐来到虹口区的第一个晚上。当时我们住在一个由犹太组织提供的、老鼠乱窜的破公寓里，感到很害怕。初来上海时，我的父亲做着一些小生意，主要是在麻袋上刺绣，把制作完成的麻袋卖给天主教教会，给教室台阶上被遗弃的孤儿使用。在上海被日本军队占领以前，我的家人在法租界租了一个公寓，那里有个冰箱、炉子和室内厕所，居住环境尚可。

　　1941年太平洋战争爆发后，美国人道救援组织JDC停止了资

抵达上海日期记录

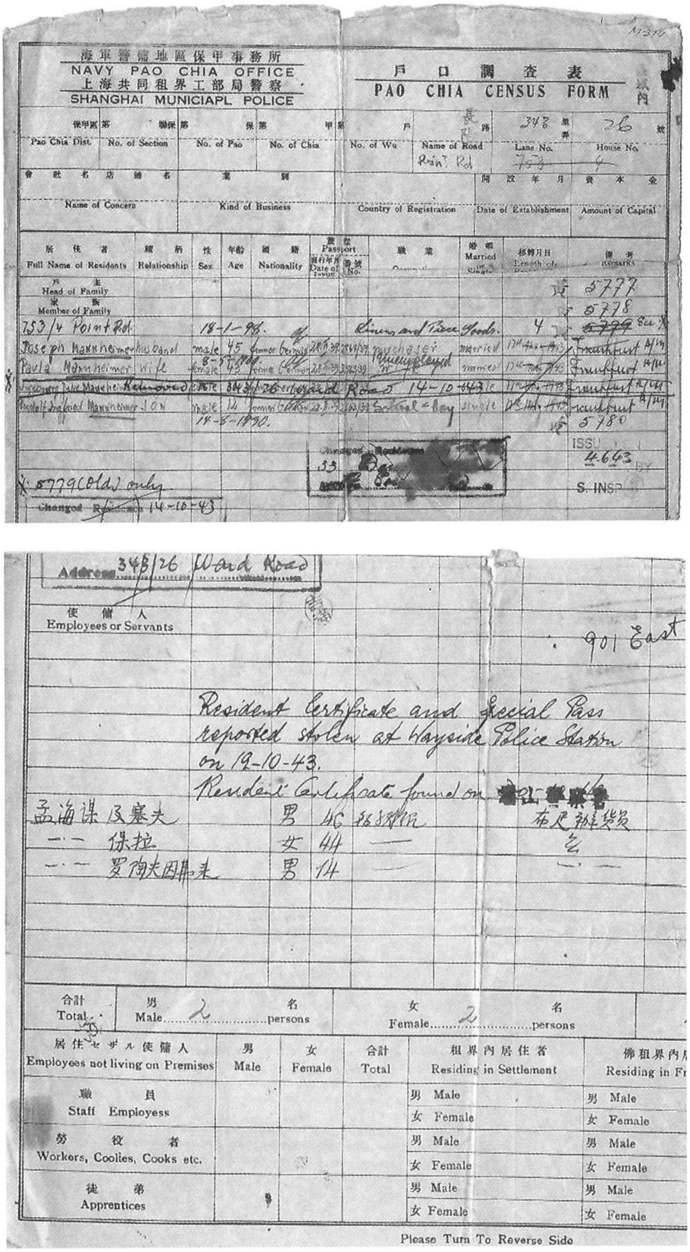

拉尔夫一家的户口调查表

金援助,因为日本占领下的上海已经被视为美国敌国区域。1943年,大多数犹太人被迫住在虹口区,那时那里被称为"隔都"——上海犹太人隔离区。将近15000名犹太难民和上海居民一道,在日本控制下,受到了残忍的对待,生活艰难困苦,难以为继。

　　但我坚强的家人们带着我挺了过来。我家在上海生活了8年,靠在街上卖衣服维持生计。一些中国居民也在我们需要时照顾我们,给了我们很大的帮助。比如有一名中国妇女经常把食物省下来分给我们。我当时和姐姐还有一些当地的中国孩子、俄罗斯移

拉尔夫和他的姐姐在上海

民的孩子一起玩。我们之间用蹩脚的英语交流,我甚至还尝试学习上海话。

日本入侵后,我们一家被迫在1943年搬进隔离区,于是又住进了破房子,甚至没有厕所,只有一个蜂蜜罐用来解决便溺问题;烧饭也只能用木炭。那些经历使我暗自发誓:不能再挨饿!

然而,我的父亲却没有因为糟糕的环境而受挫,他仍有着十足的精神和强大的进取心。父亲和我在街上贩卖地下水来赚钱,维持一家的生计,和中国邻里守望相助。

![拉尔夫(右一)和他的家人在上海的黑白照片]

拉尔夫(右一)和他的家人在上海

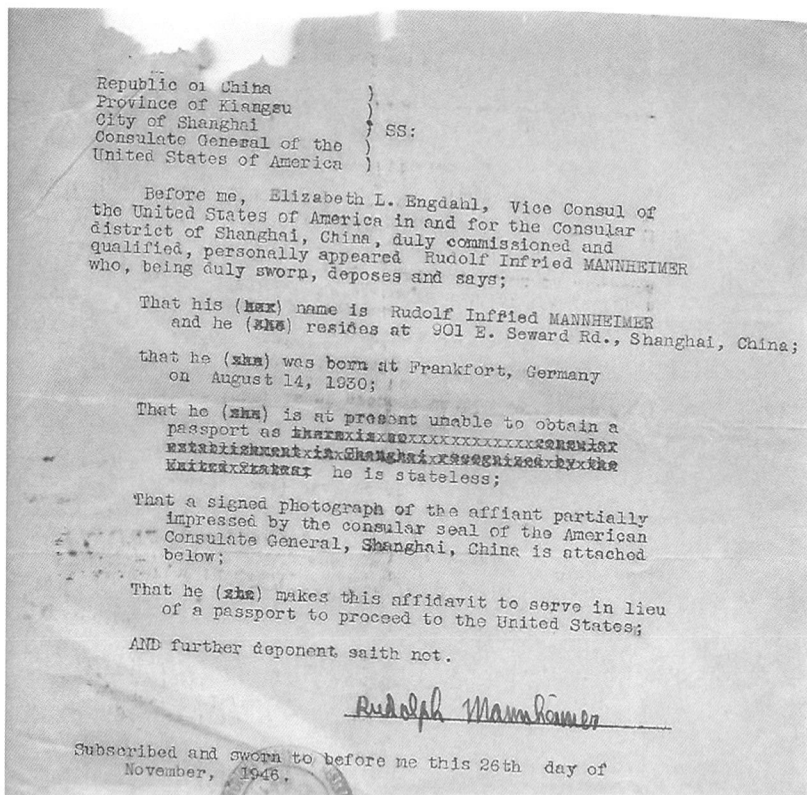

Republic of China   )
Province of Kiangsu   )
City of Shanghai   ) SS:
Consulate General of the)
United States of America)

Before me, Elizabeth L. Engdahl, Vice Consul of
the United States of America in and for the Consular
district of Shanghai, China, duly commissioned and
qualified, personally appeared Rudolf Infried MANNHEIMER
who, being duly sworn, deposes and says:

That his (her) name is Rudolf Inffied MANNHEIMER
and he (she) resides at 901 E. Seward Rd., Shanghai, China;

that he (she) was born at Frankfort, Germany
on August 14, 1930;

That he (she) is at present unable to obtain a
passport as ~~there~~ ~~is~~ ~~no~~ ~~German~~ ~~consular~~
~~establishment~~ ~~in~~ ~~Shanghai~~ ~~recognized~~ ~~by~~ ~~the~~
~~United~~ ~~States~~ he is stateless;

That a signed photograph of the affiant partially
impressed by the consular seal of the American
Consulate General, Shanghai, China is attached
below;

That he (she) makes this affidavit to serve in lieu
of a passport to proceed to the United States;

AND further deponent saith not.

Rudolph Mannheimer

Subscribed and sworn to before me this 26th day of
November, 1946.

拉尔夫的美国签证

　　1945年9月3日，上海连同其中的犹太人隔离区终于解放了，
我们一家也在1947年在当地犹太社区帮助下移居美国。我在1987
年和2006年回过上海，拜访了从前在虹口的邻居。这里变了好多，
我只是从外面看了一下我们以前的住处。现在我只是一个游客，
实在没法进去，因为那会打扰其中居民的生活。

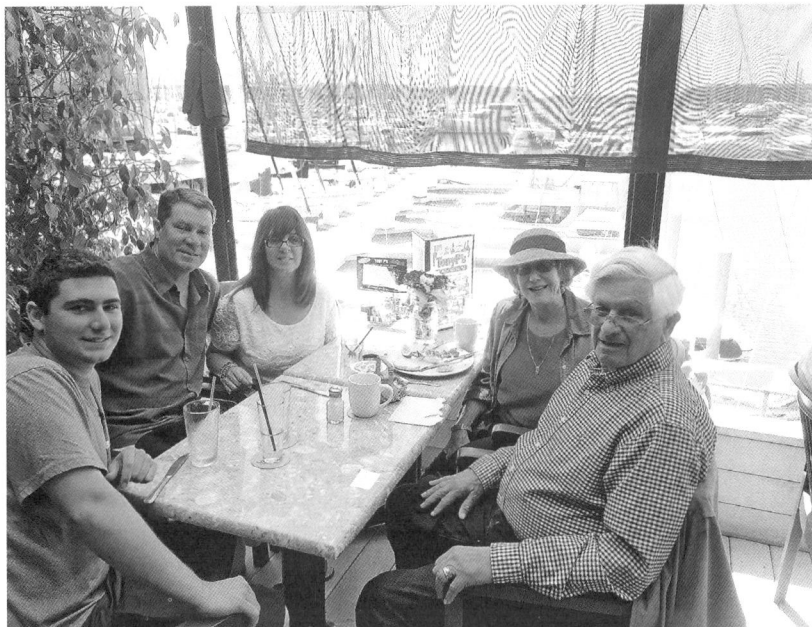

拉尔夫（右一）与家人在美国的合影

时光飞逝，而我心中一直十分感激并尊重中国人民。如果不是中国人民给我们提供避难所，我也不会活到今天。而正是这段经历让我学习到了父亲、家人还有中国邻居们坚韧不拔的精神。这段经历影响了我的整个生活，使我选择为捍卫自由而战！

（李惟玮根据《上海日报》拉尔夫·曼海姆口述整理）

不安中初识上海
烧竹席引来日军

Arriving in Shanghai in Turbulence, the Refugees' Attempt of Bamboo Mat Burning Attracted the Japanese over

初到上海，住的是一家废弃的医院。每个房间里有7张双人床，每个家庭2张床。女人们不愿意和许多家庭公用一间屋子睡觉，但这些都没用。每人拿到2条毛毯用来分隔床位。

不知道是谁出的主意把竹席烧掉，却引来了日本军队的刺刀。

When they first came to Shanghai, they had to stay in an abandoned hospital where each room was filled with 7 double beds; and each family were given two beds…Although the women refused to share one room with many other families, their complaint ended up in vain. Two blankets were offered to everyone for bed separation.

Someone came up with an idea to burn up the bamboo mats, which drew over the Japanese soldiers and their bayonets.

我们最终到达了一个昏暗的房间，这里似乎没有电灯，在一张长长的木桌上有一盏电石灯，发出幽幽的灯光。桌子两旁放着同样长的木凳。房间看上去不大，当然屋里灯光闪烁本来就看不清到底有多大。时明时暗的灯光将屋里众人的脸变得可怕。被安置在房间后面的两个女人又哭又闹，我们内心都焦虑不安。

我们刚在遍布木纹的桌子前坐下，一个丰满的女人立刻将半个切好堆起来的白面包放在每个人跟前，里面是沙丁鱼的馅。我们桌上的大部分人没有动过面包，他们看上去没有胃口。除了面包，还有很甜的茶。因为我中午没吃饭，对着面包咬了一口。吃完第一口我就觉得要呕了，于是就把面包放下了。我们正好坐在门旁，所以我看见整个环境一片昏暗。旁边的房子似乎也没有电灯。一个高大的男人走进房间，让大家安静下来。他介绍自己是Heimleiter (房管)，很抱歉地说这里没有电，因为我们本该两天后到。明天才能铺设电线，但今天有煤油灯够用了。

后排有两个女人说话了，问道，我们晚上在哪里过夜。我们发现被问及这个问题时，男人有点尴尬。最后他和我们解释说，这幢大楼是一家废弃的医院，相应的只有大房间。每个房间里有7张双人床，每个家庭2张床。果不其然，有人大声反对。女人们不愿意和许多家庭公用一间屋子睡觉。但这些都没用，除非打算在外过夜。

然后就开始分房间，每人拿到2条毛毯用来分隔床位。随身携带的物品应尽可能摆放在床下。此外每人还拿到一条床单，床单很粗糙，是用红十字会的面粉袋子缝起来的。由于暂时床的数量比人数少,必须让一些孩子,包括我在内,睡在过道里的行军床上。由于灯光的关系,我们没有完全看清房管,他一直站在那里安慰我们。

我十分疲倦,因为前一晚没好好睡觉,所以能躺在行军床上,我还是挺高兴的。我把毛毯当作垫子,把床单盖在身上。脱衣服就别想了,不过我觉得热所以最后还是脱掉裤子睡。我肯定很快就睡着了,因为周围发生什么我都没注意。

我早上醒得很早,当我从硬床上起身时,天刚亮。我的背有点疼,还有点落枕。天亮了后我看下四周环境,惊恐地发现前臂和腿上布满了奇痒的小红点。房管检查时正巧路过。他很年轻,由于昨晚朦胧的灯光我还以为他年纪较大。我给他看我的胳膊和腿。他吃惊地看着我说,蚊子竟把我咬成这样,叫我不要用指甲抓。他跑开了,过了会儿带着一位年长的女人回来。她穿着类似于一种护士服。房管从一间屋子跑到另一间确认是否还有别人被蚊子咬。护士把我带到一幢一层楼的房子里,那里设置了临时科室。我躺到一个木板床上,被抹上一种味道很难闻的液体,一沾上皮肤就像剧烈的火烧般疼。我感觉全身就像被几千根扎一样。过了一会儿烧灼感消失了,很快我就挺过了这阵折磨。她提醒我,上药的地方暂时不能洗澡也不能用指甲抓。

就医结束后我回到父母那里。他们可能没睡好,看上去相当疲乏。因为弟弟只有9岁,所以他可以跟着父母睡。我第一次,仔细打量周围的环境。我们所住的这幢楼还有两楼,下面一层楼的房间没有窗户,只是用木板来遮挡阳光。当我走进父母的房间时,我明白了为什么他们睡不着，里面空气混浊得让人喘不过气。晚上，所有木板都关起来，这样没人能看到房间里面。但是现在门都开着，门后的过道通向走廊。房子里没有水和厕所，这些都在距离30米处的一个临时棚屋里。里面的设备就是个锌板做的水槽，有7个水龙头。后面有一个越来越窄的过道，里面有6个淋浴头，它们之间用一半高的墙隔开。

临时棚里地方太小，连转个身都很麻烦。平房被分成两块，另一半是供女人使用的。为了不使大家迷路，相应的手写指示牌被挂了起来。在一个离盥洗室不远的地方有个相似的临时棚是厕所，也是以同样的方式被隔开，让人想到列车车厢。唯一的厕所间，用非常高的木墙隔开，因此人坐着的时候看不到对过。但厕所间太小了以至于一个特别高大的人就没有地方放腿。厕所每隔一段时间冲一次水，人必须要快速跳起来，防止被水溅湿。

当我回到原来的大楼时，有一群孩子聚在房管周围。两楼的房间为孩子们腾出一个房间。有几个帮忙的人在那把双人竹床搬到楼上。楼上的房间和我父母住的大小一样，里面安置了12张床。房间正中每四张双人床被绑在一起，其他的靠在窗户边和空着的墙边，正好还够放一张小桌子，但是没有椅子。床两旁的过道很窄，两个人一起过是不行的。我们这群年纪小的孩子相处不错，就算是空间小对我们来说也没什么，至少我们离开了父母的视线和控制范围，我们都有很多话要讲，因为每个人都来自德国不同地区。

晚上想睡着是不可能的,每动一下竹床就发出嘎吱声。床垫是使用硬桔梗做的,硌得全身疼。我们把床垫拿下来放在地上,三个人一起在床垫上跳来跳去,一直到把桔梗踩碎,硬梗不再那么硌人。踩的时候屋里尘土飞扬,我们跑到屋外去,等到灰尘没了以后再进去。所有人都心情大好,这是我很久以来第一次和同龄人在一起,而且这还是我们共同劳动的结果。天已经很晚了,我们还有许多话要讲,但是大家一个接一个睡着了。被蚊子叮咬的手臂和腿给我带来点儿麻烦,涂药水的地方特别痒,还有几个打呼噜特别响,因此我很晚才睡着。

我和西蒙从他父母那里回到自己床铺时,等待我们的是一场混乱,有张竹床垮了正堵着大门,房管在那里查看损坏情况。因为竹床没法修了,有两个助手就搬上来一张铁床作为替换,竹床被拆了后运走。新床被放在原先的地方,床是有弹性的,因为装了弹簧。大家不约而同反对起来,因为这张床比粗糙的竹床要好多了。由于房管并没有给我们满意的答复,在我们一起把竹床睡垮前,又在竹床上度过了两天。楼下人的床声音也很响,于是有人把房管叫了过来。见大家为此愤怒,他自然也不太高兴。我们要求他给每人配一张铁床,于是他迅速跑到楼下去了。

过了会儿,他和几个助手搬了第二张铁床回来并告诉我们,没别的铁床了。我们听了都不高兴,还差点儿闹起来。房管终于屈服,答应我们会从华德路运来相应数量的床。晚上的时候,新床到了,由于我们还没把所有的旧床拆掉,需要加紧赶工。房管建议大家把床坏了的部分从窗户扔出去,因为现在要把它们送到楼下去实在太晚了。但由于只有一层楼，大家决定还是试试，助手们来到楼下，再把扔出去的搬到离房子有一段距离的地方。由于天很黑，我们拿着两个台灯照明，把它们放到离房子尽可能远的地方，靠近外墙堆成一堆。因为堆满了木头和杂物，这里应该没人会来。对于新床我们很不情愿地发现了一些问题。虽然在上面睡得更舒服了，也没有了吱吱嘎嘎的声音，但床架下面是空的，空心的地方全是臭虫，再加上蚊子，这使得我们的生活和休息很困难。

第二天早上我们准时起床，继续把竹席沿着外墙堆成一堆。我不知道是谁出的主意，要把竹席烧掉。天气很暖和，没有风，房管觉得我们离房子很远，因此不会出什么问题。

当我们看到火焰燃烧起来时，欢欣雀跃。我们完全没有料到后面会发生什么，当我们欢呼时，竹竿突然飞起，在耳边爆炸。我们快速逃开，站在离火焰有一段安全距离的地方，看着一个个竹竿像火箭般冲上天空。我过去从没经历过这些，我们深深地被这番景象吸引住了，没有发现我们被一群日本兵包围了。他们站在我们周围，正举着装刺刀的步枪对准我们。我们的中文翻译一路跑来，他的德语和日语都说得很好。他说服其中一个日本兵，他是那群人的指挥官，他们之间有一番激烈争论，我们完全不清楚他们在说什么。最后日本兵带着一张愤怒的表情撤回去了。现在我们才知道到底发生了什么，我们不应该烧竹床，因为它们是密封的，在烧着时会发出爆炸的声音。因为上海一直在打仗，日本人以为，我们这里发生枪战。因为房管默许我们这么做的，因此我们没有为

正在晾晒衣服的犹太妇女

此承担责任。他们离开后,房管在那里负责灭火,直到最后一点火星被灭掉,还时不时有竹竿飞到天上。这就是我们的第一次冒险,并成为了大家之后的谈资。

(黄媛根据施莱辛格·库尔特回忆录整理)

亲眼见到日寇施暴
一刀砍下父亲胡子

The Japanese Invaders Committed Violence—A Jewish Child Witnessed her Father's Beard Chopped off in a Cut

这是一位犹太幼童亲历的一幕：在隔离区，合屋从刀鞘中抽出军刀，高举过头，然后一刀砍了下来，我吓得一句话都说不出来。我以为他会砍掉我父亲的脑袋，最后他砍断了我父亲的胡子。随后，这个合屋竟然哈哈大笑起来……

　　This is the scene witnessed by a Jewish child: in the isolation ghetto, Goya took out a saber out of the scabbard, held it above his head and then cut down. At that time I was scared out of my wits, unable to speak. I thought he would chop off my father's head, but finally he cut off my father's beard. Afterwards, the soldier burst into laughter ...

对恰亚·斯莫尔 (Chaya Small) 来说，这惊心动魄的一幕刻骨铭心，一辈子都忘记不了。作为犹太人感恩团的一员，当年的犹太难童恰亚讲述了她亲历的故事：她亲眼见到日寇挥军刀施暴，一刀砍下了父亲的胡子。

1941年为躲避纳粹迫害，恰亚的父亲——塞缪尔·瓦尔金 (Samuel Walkin) 在维也纳得到了日本的过境签证。经过两周的跨西伯利亚铁路旅程以及在神户的短暂停留之后，1934年生于波兰的恰亚随全家一起，和许多在日本过境的犹太难民一样辗转到了上海。

70多年前的一幕恰亚至今刻骨铭心

　　瓦尔金先生是位拉比，在沪期间，他成为了上海犹太难民社团的领袖之一，整天忙于帮助来沪的犹太难民们重建生活。恰亚和她的妹妹艾斯特 (Esther) 则在由塞法迪犹太社团建立的上海犹太学校读书。

　　到了1943年，日本占领当局在上海设立了"无国籍难民限定区"。

　　恰亚回忆说，"隔离区的生活很艰难。我们一家还算幸运的，一家人能够住在一间房里。整栋楼大约有40人居住，40个人合用一个厕所。隔离区内食物紧缺，疾病蔓延。倒毙街头者也时有所见。那时也有成千上万因日本袭击而流离失所的中国难民在虹口艰难谋生。"

　　"有一次，我得了重病，需要到隔离区外去看医生。父亲带着年仅7岁的我到掌管隔离区事务的办公室去申请通行证。主管叫合屋，这个日本官员因对难民的残忍而出名。别无他法，必须向合屋申请，因为通行证都在他的手里。"

　　父亲说明情况，请求得到通行证以带女儿外出看病。此时，惊悚的一幕发生了。瓦尔金拉比被命令将头搁在合屋的办公桌上。那种情形没人敢不遵从，父亲不得不依照命令去做。此时，合屋从刀鞘中抽出军刀，高举过头，然后一刀砍了下来，我吓得一句话都说不出来。我以为他会砍掉我父亲的脑袋，最后他砍断了我父亲的胡子。随后，这个合屋竟然哈哈大笑起来……

　　尽管生活十分不易，回忆起上海的生活，恰亚依然有许多温馨的记忆。她的父母尽量让一家人能过上正常的生活。他们一家人非常和睦，也有很多亲近的朋友。尽管物资紧缺，但是每个人依然

恰亚家庭合影

　　愿意与比自己境况更差的人分享所有。瓦尔金拉比夫妇找了一个
中国阿妈到家里帮忙，给她食物作为回报。这些食物对阿妈而言，
可是救命的东西。那个年代的食物实在是太稀缺了。尽管语言不
通，阿妈与恰亚一家相处融洽，成为了这个家庭的一员。她尽心照
顾孩子，教他们唱歌，还用边角料给孩子们做布娃娃哄他们开心。
恰亚关于阿妈的回忆都是甜蜜的，"在那段不安稳的岁月，她令我
感到温暖和安全。"她说："如果通过社会媒体我能再次联系到她，
那我就太开心了。"

在上海犹太纪念馆恰亚再度想起惊心动魄的往事

(黄媛执笔)

华沙屠夫来沪屠犹
罪恶计划幸未实施

Butchers from Warsaw to Shanghai for a Jewish Slaughter Kept from Evil Committing

尽管数万犹太人历经艰辛从欧洲逃难到上海，但仍未逃脱德国法西斯魔爪。驻日本的盖世太保头目梅辛格携种族灭绝计划坐潜艇来到上海，逼日本当局对上海犹太难民做"最后解决"，日本占领当局欲拒还迎，犹太难民再次面临灭顶之灾。

Though tens of thousands Jewish people fled to Shanghai from Europe overcoming so much hardships, the talons of German Fascism still would not let them go. Messinger, Head of Gestapo based in Japan came to Shanghai by submarine with a genocide plan and forced the Japanese authority to take find solution to the Jewish refugees in Shanghai. With the subtle attitude of Japan's Occupying Authority, the Jewish refugees were again confronted with great calamity.

　　"二战"时期，上海成了世界上唯一向犹太人敞开大门的东方大城市。到20世纪30年代末，上海犹太社团已成为中国境内各犹太社团和聚居地中最大、最活跃且最具代表性的一个。随着战事的推进，纳粹不仅在欧洲杀害了600万犹太人，也时刻威胁着上海犹太人的生存。

　　1942年7月，纳粹盖世太保驻日本的首席代表约瑟夫·梅辛格(Josef Meisinger)上校，奉命离开东京总部，乘坐潜艇前往上海。他此行的目的，是为了说服日本人在犹太人问题上采用纳粹的政策，从而彻底解决"犹太人问题"。

　　约瑟夫·梅辛格曾是德国在华沙的秘密警察头目，因屠杀数十万的波兰犹太人而被称为"华沙屠夫"，素以杀人凶残著称。

约瑟夫·梅辛格上校，当时任纳粹盖世太保驻日本的首席代表。他在1942年7月来到上海，向日本占领当局提出屠杀上海犹太人的"上海最后解决"方案

PROCLAMATION
Concerning Restriction Of Residence and Business of Stateless Refugees

(I) Due to military necessity places of residence and business of the stateless refuges in the Shanghai area shall hereafter be restricted to the undermentioned area in the International Settlement.

East of the line connecting Chaoufong Road, Muirhead Road and Dent Road;

West of Yangtzepoo Creek;

North of the line connecting East Seward Road, Muirhead Road and Wayside Road; and

South of the boundary of the International Settlement.

(II) The stateless refugees at present residing and or carrying on business in the districts other than the above area shall remove their places of residence and/or business into the area designated above by May 18, 1943.

Permission must be obtained from the Japanese authorities for the transfer, sale, purchase or lease of the rooms, houses, shops or any other establishments, which are situated outside the designated area and now being occupied or used by the stateless refugees.

(III) Persons other than the stateless refugees shall not remove into the area mentioned in Article I without permission of the Japanese authorities.

(IV) Persons who will have violated this Proclamation or obstructed its enforcement shall be liable to severe punishment.

Commander-in-Chief of the Imperial Japanese Army in the Shanghai Area.

Commander-in-Chief of the Imperial Japanese Navy in the Shanghai Area.

February 18, 1943.

1943年2月18日，日本当局宣布建立"无国籍难民隔离居住区"，命令自1937年以来从欧洲抵达上海的难民在一个月内迁入这一地区

一到上海后，梅辛格就向犹太事务署的代表，包括日本驻沪副领事和犹太人事务专家柴田，以及难民事务办公室主任久保田勤，提出了屠杀犹太人的"上海最后解决"方案。这就是被载入史册、无比罪恶的"梅辛格计划"。该计划分两个步骤实施：首先，利用上海犹太人在1942年犹太新年（一般在公历9月）合家团聚的机会，以突然袭击方式围捕所有在沪犹太人；接着，用果断措施"解决"这些犹太人。该计划提出了3个供选择的"解决"方案：第一，

用几艘旧船将犹太人运至东海,然后让他们在海上随波漂流,饥渴而死;第二,强迫犹太人去黄浦江上游废弃的盐矿做苦工,使他们劳累而死;第三,在崇明岛上建立集中营,在营中用犹太人做医学试验,使他们在痛苦中慢慢死去。

出于种种考虑,日本统治集团最终没敢实行这个可怕计划。1942年11月,日本驻上海总领事馆接到来自东京的训示:"基于军事上的目的,拟在虹口地区建立一个犹太人区。一应看守、管制、领导等职能。"

1943年2月,"无国籍难民隔离居住区"在虹口建立。这是远东历史上首次出现的犹太人隔离区。1.4万名以上的犹太难民被强迫迁入不足3平方公里的"指定地域",生存状况恶劣。

犹太难民在1943年春迁入虹口隔离区

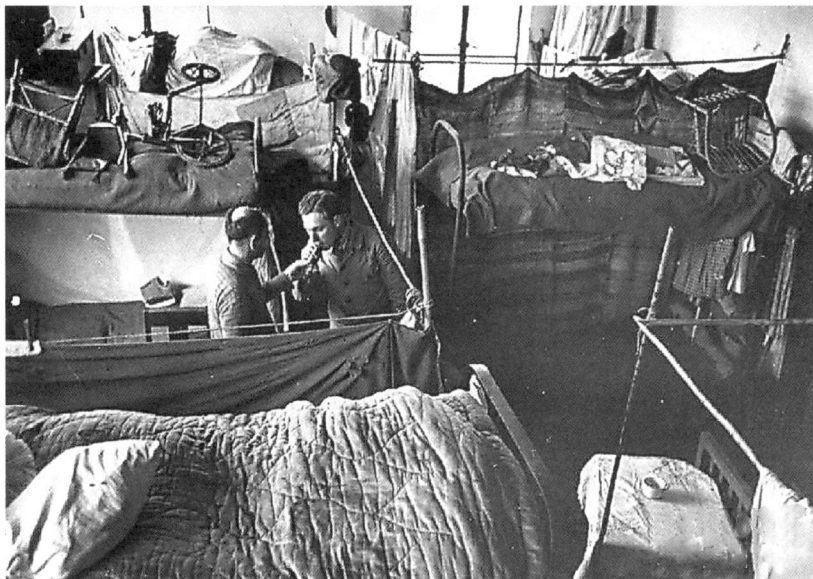

在虹口难民营里，这间屋内住了16个犹太人

　　之所以出现这样的情况，上海社科院犹太研究中心主任潘光教授认为有4个原因：第一，日本内部主张对美媾和的力量仍把中国境内犹太人视为与美国维持联系的媒介，因此不同意对他们采取屠杀政策；第二，当时日本高层仍然希望保持与苏联的非战关系，而如果屠杀上海犹太人涉及俄罗斯犹太人，会对日苏关系产生不利影响；第三，东亚地区不存在欧洲基督教地区那种狂热反犹偏见，因而上海的日伪官员在感情上也难以接受"梅辛格计划"，如日本驻上海副领事柴田就因同情犹太人、向犹太人通风报信而被撤职逮捕；第四，苏联在苏德战场上击败了纳粹德国。

　　德国学者毛尔也做过深刻分析：1942年夏，德国在苏德战场上似乎要取胜，此时日本开始考虑德国方面提出的消灭上海犹太

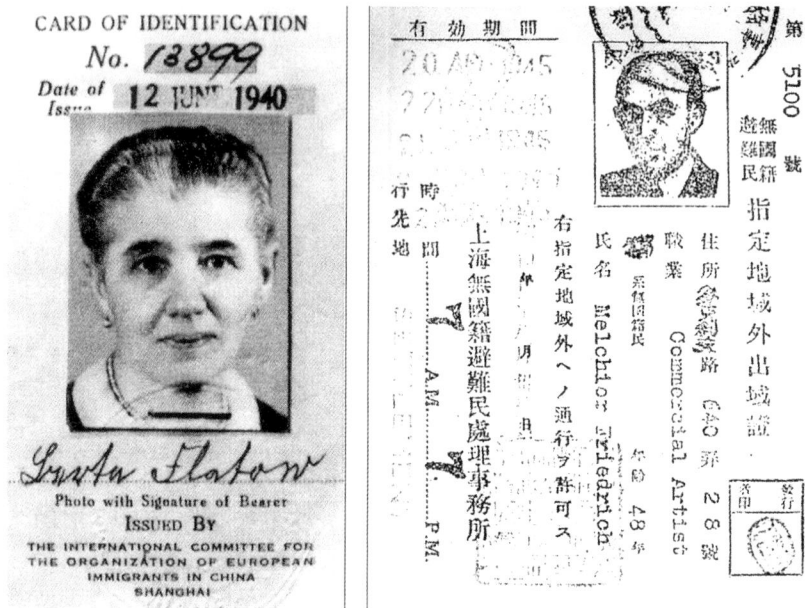

犹太难民身份证和外出通行证

人的计划；但当德国在斯大林格勒战役中大败后，日本的态度随即发生变化。一个月后，日本决定对犹太人采取"隔离方式"。毛尔的结论是：挽救上海犹太人生命的不是日本的宽宏大量，而是战争进程的转折。

同时，面对这一可能突如其来的灭顶之灾，在沪犹太人自身也团结一致，为挫败"梅辛格计划"付出了巨大的努力。这也是上海犹太人得以躲过一劫的重要因素。

纳粹德国的不断施压以及日本对犹政策的反复无常，使得上海的犹太难民长时间都处于前途未卜的危险境地。幸运的是，在自身的团结努力和各界的大力支援下，最终绝大部分的上

日本占领当局在虹口组织了
"犹太保甲",强迫犹太青壮年
在隔离区担任守卫巡逻工作。
这是犹太保甲在检查出入者
的通行证

海犹太难民都熬过战争而幸存了下来。在反法西斯斗争中的互相支持,也成为在沪犹太难民与中国人民同甘共苦最为珍贵的一页。

(汝乃尔执笔)

踏上上海土地
听到犹太乡音

Setting Foot into Shanghai to Hear the Jewish Accent

那些从欧洲逃出的犹太人一踏上上海的土地，就会听到英语或希伯来语的亲切的乡音："欢迎前来上海，从今后，你们不再是德国人、奥地利人、捷克人、罗马尼亚人。你们只是犹太人。全世界的犹太人为你们准备了家园。"犹太社团的工作做得十分周到。

Once the Jewish refugees set foot onto the land of Shanghai they could hear the warm welcome in English or Hebrew. "Welcome to Shanghai! From now on, you are no longer Germans, Austrians, Czechs or Romanians. You are just Jews. The Jews around the world have prepared a new home for you."

There are two cooperative working communities to take care of these Jews, namely The German and Austrian Jewish Relief Committee and The International Committee.

　　几乎每一艘蒸汽机船都从欧洲带着越来越多的犹太难民来到上海。这些不幸的人们正以前所未有的增长速度进入中国，而且据说几个月内每一艘可以乘坐的德国或奥地利轮船都已经完全订满。

　　来上海的犹太难民恐怕不会想到，他们一踏上上海这块土地，就能听到英语或希伯来语的欢迎辞。有两个工作委员会正在照顾着这些犹太人，他们一个是德国和奥地利犹太人的救济会（由马克斯博士负责），另一个是国际委员会（由柯玛先生负责）。

河滨大楼在1938年曾作为犹太难民接待站

这批正在遭受苦难的人大部分是很有教养和受过教育的阶层，他们中的许多人，在此之前是被高度尊重的市民。现在来到上海，他们不能获得稳固的地位，被迫在极其困难的条件下生活。难民营里有一个叫坎布瑞尔·莱克斯的博士，在纳粹到来之前他是维也纳的警察局长，被欧洲警界认为是卓越的犯罪学专家，是这个专业领域里的领导者。作为难民营的居民，他除了得到一张床和食物，就再也没有别的什么了。

披露以上信息的是现存放在上海市档案馆的一份1939年3月15日由上海犹太人协会所写的一份报告。

该报告还披露了抵达上海的犹太难民的具体情况：住河滨大楼避难所的有单身男性14人，单身女性8人，22对无孩子夫妻44人，45对有孩子夫妻90人，孩子27人，合计183名。在华德路（今虹口区长阳路）138号营地，有成年男性131人，女性109人，孩子21人，合计261人。此外，还列出了其他各类被救助的难民，这些难民加上上面所列数字，总数为3394人，这些均由犹太人救济会作了登记。另有650人没有登记，这些犹太难民被确认有他们自己的资金，这样，到1939年3月15日，抵达上海的犹太难民便达到4000人。

那些从欧洲逃出的犹太人一踏上上海的土地，就会听到英语或希伯来语的亲切乡音："欢迎前来上海，从今后，你们不再是德国人、奥地利人、捷克人、罗马尼亚人。你们只是犹太人。全世界的犹太人为你们准备了家园。"

从1938年到1941年，犹太流亡者不断在通往远东上海的两条

抵达上海的犹太难民正在进餐

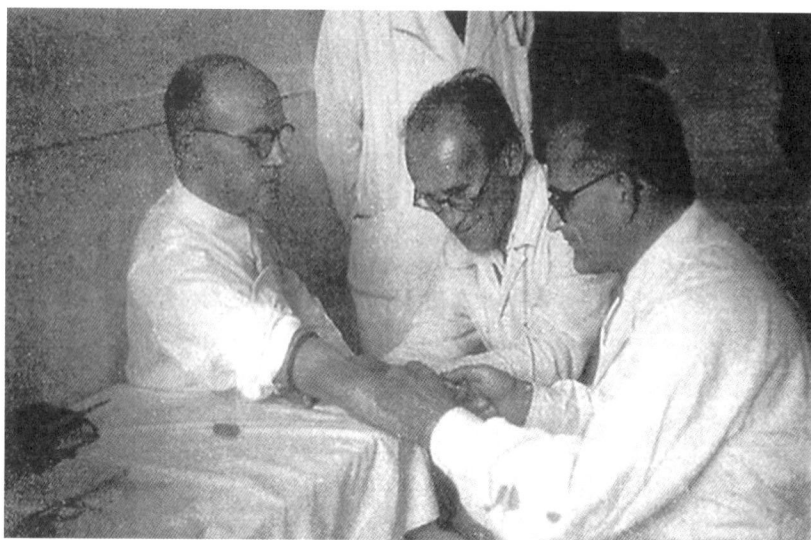

医生们正在为犹太难民检查身体

路线上跋涉：海路是从意大利港口上船，穿越苏伊士运河或绕道好望角，自1938年底开始，至1940年6月10日止，高峰期是1939年上半年；陆路是从苏联乘火车穿越西伯利亚，到达远东地区，再取道日本神户或中国的哈尔滨等前往上海。陆路流亡的高峰期为1940年6月11日起至1941年12月7日止。走陆路是犹太逃亡者迫不得已的选择，因为1940年6月意大利参战后，地中海的通道已被封闭，海上逃亡之路已不通畅。

流亡上海的犹太难民，从1939年6月起，每月都达到1500—2000人左右，到1941年12月8日太平洋战争爆发时，因日本人公开参战，并与美、苏交恶，这样，从陆路经西伯利亚流亡的路线亦已被切断，远东海域都在日军魔爪之下，犹太难民不可能再取道横滨港前往美洲或上海等地。

直到这时候，欧洲犹太难民逃亡上海的经历才被迫宣告结束。据统计，前后有近3万犹太难民从欧洲到过上海，其中一部分又转道去了中东、北非、美国、巴西、澳大利亚等地，留在上海避难直到"二战"结束的犹太难民约有2.5万人。

(熊建民根据陈云发《虹口往事》书稿整理)

嘉道理办学
小难民欢颜

Kadoorie Ran the School to Make the Little Refugees
Happy

20世纪30年代，避难来上海的犹太人越来越多，子女们的教育也成为难民们迫切需要解决的问题，即使在前景一片黑暗的时候，难民们依然希望自己的孩子能够受到良好的教育。嘉道理家族运用自己的影响，使上海工部局将一所原本是中国学校的建筑租用给了难民，成立了嘉道理学校。

In the 1930s more and more Jewish refugees came to Shanghai for shelter. But their children's education had become an urgent issue to be addressed. Even with a bleak prospect for their future, these refugees still expected their children to receive good education. Under this context, the Kadoorie family used their influence to persuade the Shanghai Municipal Council to have a Chinese school building leased to the refugees and thus founded the Kadoorie School.

1942年嘉道理学校两个幼儿园班级的集体照

　　这是嘉道理学校两个幼儿园班级的集体照，拍摄时间为1942年。照片上的孩子大概从三四岁到七八岁，穿着短衣短裤，露出了藕节般圆圆胖胖的胳臂腿，可爱极了。拍照的排列方式跟今天差不多，唯一不同的是没有什么领导之类的人物抢镜头，孩子们占据绝对主角的地位，前排的孩子席地而坐，第二排坐在小椅子上，从第三排开始都站着，后面几排应该是大孩子了，个子明显比前面高，而最后一排无疑是老师。孩子们一副无忧无虑的模样，几个活泼的孩子，完全不顾镜头的存在，只管兴致勃勃地回头与后排的小伙伴说话，有两个淘气的小家伙根本只留下了后脑勺，想来长大后会为此有些遗憾吧。

单看照片，很难把这些健康快乐的孩子与难民联系一起，事实上，他们都是当年逃难到上海的犹太人子女，而嘉道理学校正是专门为他们开办。

20世纪，嘉道理家族在上海创办了两所学校。1902年，老嘉道理在白克路（今凤阳路）开设了一家私立补习学校——育才书社，亲任校长。书社以培养中英文翻译人才为主，招收青年，专攻中英文两科。1910年前后，老嘉道理将原来的育才书社改建为工部局学校。为此，他出资在山海关路买了10亩地，于1912年3月12日建成新校舍，三层的楼房可容纳15个班级，即为上海育才中学的前身。

20世纪30年代，避难来上海的犹太人越来越多，子女们的教育也成为难民们迫切需要解决的问题，即使在前景一片黑暗的时候，难民们依然希望自己的孩子能够受到良好的教育。此时，嘉道理家族运用自己的影响，使上海工部局将荆州路上的一所原本是中国学校的建筑租用给了难民，上海犹太青年协会学校就诞生在这里，然而超过2.5万从纳粹德国逃出的犹太家长以及学生都习惯称之为嘉道理学校。终于有了足够的空间让难民们的孩子获得受教育的机会。

进入1940年代，随着希特勒对犹太人的迫害进一步扩大和加剧，背井离乡涌入上海的犹太人越来越多，嘉道理学校日渐拥挤。1942年

嘉道理学校校长露茜·哈特维希

1月，老嘉道理的次子霍瑞斯·嘉道理筹集了足够钱财，并拿到了东有恒路（今余杭路）627号的一块地，盖起一座拥有着现代教学设备的学校，嘉道理学校迁入新址。新校舍被认为是当时虹口地区最漂亮的建筑，与虹口犹太人活动的中心区域紧密联系在了一起，也是当时隔都的社交中心。

　　新的嘉道理学校开学了，德国犹太难民露茜·哈特维希女士任校长，有17名教员和600名学生，采用英式教育制度，可以从幼儿园读到高中毕业。学校的课程相当全面，覆盖了各种基础学科、艺术以及创造，并且按照犹太人的宗教习俗，开展宗教活动。在星期五晚上有安息日服务，通常是一个成人带着一个学生做相关的宗教事务，学生负责一开始的环节，而成年人负责接下来所

嘉道理学校学生合影

学习希伯来语

有的环节。各种各样的宗教节日也在学校举办活动，例如普珥节，同学们纷纷穿上了描绘圣经中的人物的服装在学校礼堂内进行表演展示。学校将犹太民族的文化与信仰，完整地传授给犹太后代。

嘉道理学校让很多上海的犹太人铭刻在心，也给上海的居民留下深刻印象，不少人描绘过所看到的学校一景，如这一段"犹太少年们一起运动、追女孩、打群架，还模仿《德国英雄传说》里的人物拿筛子挡脸当面罩，扫帚当长矛，穿上旧裙子，两把椅子当马，在床上演比武，试图把对方刺下床去，半间房被弄得乱七八糟。"活灵活现的场景，犹如身临其境，犹太少年的活泼顽皮，真是和咱们中国的少年没有半点区别。

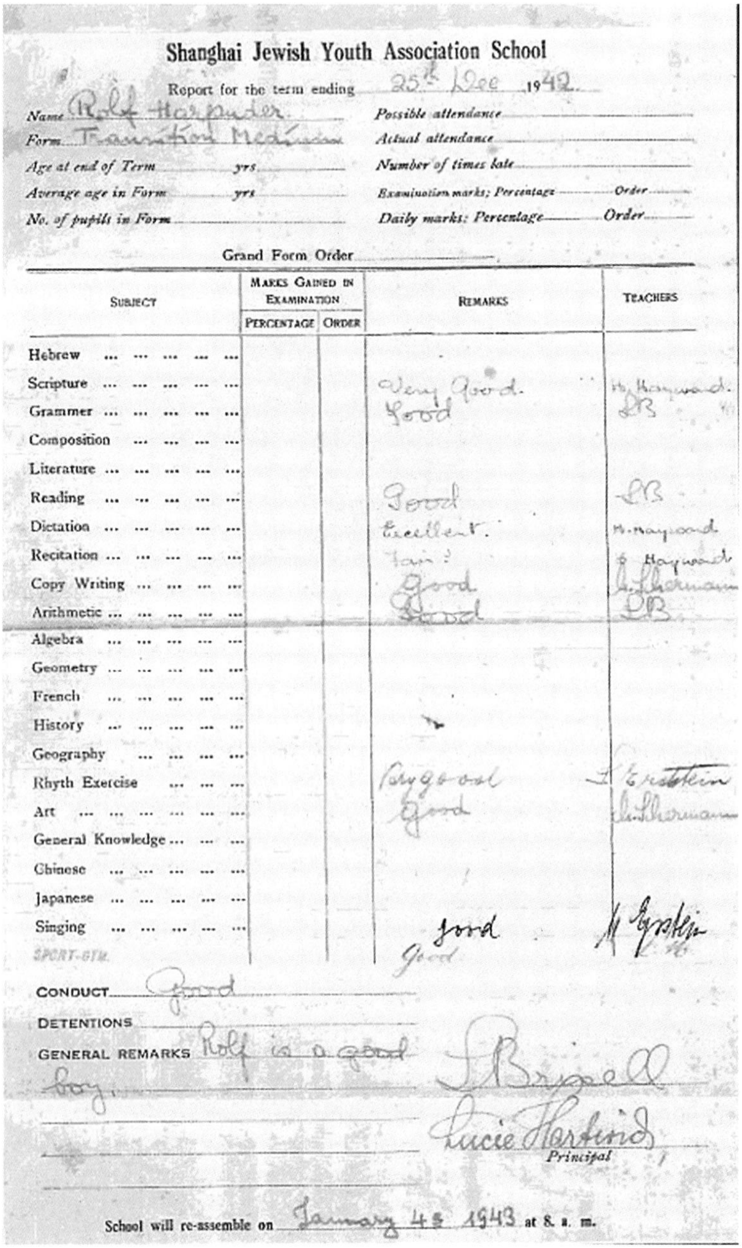

Shanghai Jewish Youth Association School

Report for the term ending 25th Dec 1942

Name Rolf Harpuder

Form Transition Medium

Age at end of Term ______ yrs

Average age in Form ______ yrs

No. of pupils in Form

Possible attendance

Actual attendance

Number of times late

Examination marks; Percentage ______ Order ______

Daily marks: Percentage ______ Order ______

Grand Form Order

Subject	Marks Gained in Examination: Percentage	Marks Gained in Examination: Order	Remarks	Teachers
Hebrew				
Scripture			Very Good.	H. Hayward.
Grammer			Good	LB
Composition				
Literature				
Reading			Good	LB
Dictation			Excellent.	H. Hayward
Recitation			Fair?	H. Hayward
Copy Writing			Good	L. Sherman
Arithmetic			Good	LB.
Algebra				
Geometry				
French				
History				
Geography				
Rhythm Exercise			Very good	L. Epstein
Art			Good	L. Sherman
General Knowledge				
Chinese				
Japanese				
Singing			Good	M. Epstein
SPORT-GYM.			Good	

CONDUCT Good

DETENTIONS

GENERAL REMARKS Rolf is a good boy.

L. Brasell

Lucie Hartwich
Principal

School will re-assemble on January 4th 1943 at 8 a. m.

当年嘉道理学校的成绩报告单

嘉道理学校走出不少名人，也有不少避难的犹太名人担任过老师，如著名足球运动员里欧·梅耶（Leo Meyer），他曾任嘉道理学校的体育教师，对学生们进行体育运动及锻炼身体方面的训练，还开展课外活动以及道德指导的教育。

受益于嘉道理学校的犹太子女，后来遍及世界各地。他们难以忘怀曾经的校园、师长和同学。1980年，由当年嘉道理学校的学生发起，得到学校创办人霍勒斯·嘉道理爵士的响应，在美国加利福尼亚州奥克兰市举办了一次上海犹太人的团聚。这一次重聚，嘉道理先生与当年学校校长露茜·哈特维希小姐和她带的许多学生欣喜相逢，并在会上发表了演讲。刚卸任的美国财政部长布鲁门撒

1980年，嘉道理先生与露茜·哈特维希

1980年,嘉道理学校同学聚会合影

尔也参加了团聚。所有参加这次聚会的犹太人,都感慨万千心潮澎湃,而霍勒斯·嘉道理和露茜·哈特维希的出席,令当年的学生们尤为激动,学生之一拉尔夫·赫尔伯特 (Ralph Harpuder) 记录了嘉道理学校的学习和生活以及这次聚会的情况,他兴奋写道:"笔者我也十分幸运地能在这么多年之后重新见到了我当年的老师和导师们。""他们的一生是一段传奇,感谢他们给我带来了知识与财富"。

在战火的威胁下,能够获得正常的学校教育,对于拉尔夫·赫尔伯特以及和他一样的上海犹太人而言,是不幸中的幸运。

(黄媛执笔)

艺术家爱多难土地
清贫中播艺术种子

Art Seeding in Poverty with the Love for the Land of Misfortune

威滕伯格是20世纪30年代世界一流的德国柏林歌剧院的第一小提琴手。1939年2月，为了躲避纳粹的迫害，从德国逃亡到了上海。他在上海靠教中国学生拉小提琴和弹钢琴勉强度日，并在上海度过了他生命中的最后13年。他用非凡的音乐才华引导许多中国学生走进了西洋音乐的殿堂。

Wittenberg was the chief violinist of the world's first class Berlin Opera of Germany in 1930s. In February 1939, Wittenberg fled to Shanghai from Germany to escape from the prosecution of Nazi German. He barely made a living by teaching Chinese students to play the violin and piano in Shanghai and spent his last 13 years of his life in Shanghai. He led a number of Chinese students to the palace of western music with his extraordinary music talent.

犹太民族不仅是一个坚韧不拔的民族，也是一个热爱生活和文化艺术的民族。在上海避难期间，犹太难民中的一些编辑记者们办起了德文报刊；艺术家们在露天音乐会演奏肖邦和德沃夏克。他们用戏剧、舞蹈、漫画和文字，传递着他们对生活和人生的希望。在这同时，许多犹太难民中的杰出音乐家，也在这片多难土地上播撒着艺术的种子。

威滕伯格，曾任上海国立音专教授的犹太难民音乐家，后成为上海音乐学院教授，直到去世

威滕伯格是20世纪30年代世界一流的德国柏林歌剧院的第一小提琴手。1939年2月，为了躲避纳粹的迫害，从德国逃亡到了上海。由于德国纳粹规定，犹太人离开德国只准携带10马克现金，到上海时他囊空如洗，只能靠教中国学生拉小提琴和弹钢琴勉强度日。1941年珍珠港事件发生以后，已经61岁的威滕伯格同大部分犹太人一样，被日本侵华当局赶到了狭小的上海虹口犹太隔离区。威滕伯格在上海教了许多学生，后来有的成了中国音乐界的名人。曾担任过上海音乐学院副院长的谭抒真教授就是其中的一位，晚年时的谭抒真教授一直保留着威滕伯格用过的贝多芬乐谱和一张师生的合影。威滕伯格来上海的时候年纪已经很大了。虽然生活清贫，但他教学生，无论男女老幼，程度深浅，一律只收1元钱。但他坐三轮车也给1元钱，不管远近，而那时的三轮车费只要

威滕伯格曾生活过的地方

几毛钱就可以了。提起威滕伯格,谭抒真生前曾感慨道,威滕伯格先生真是个好人!

　　在希特勒上台以前,威滕伯格曾与世界最著名的钢琴家之一的施纳贝尔等组成三重奏小组,连续几年举行室内音乐会,成为当时柏林艺术生活中的一件盛事。施纳贝尔后来去了美国,"二战"胜利后,他为威滕伯格在美国谋得了待遇优厚的教学职位,但威滕伯格说自己老了,中国学生对他也很好,他不想离开上海。

　　上海解放后,威滕伯格的学生谭抒真邀请他到音乐学院任教。尽管学校当时地处江湾一片田野之中,有一段路甚至要坐在农民

踏的自行车书包架上，沿着田埂
进去，时有跌翻的危险，但他却欣
然接受邀请，并且风雨无阻，按时
到校上课。1952年7月的一天，
这位和蔼可亲的犹太老头正在拉
琴，忽然猝然倒地，一位上门送开
水的上海阿姨发现后，立即想方
设法通知了犹太人协会，把他送
进了医院，虽经抢救，终因中暑引

犹太人的老式唱机

唐山路818弄柯满第剧社旧址

发心力衰竭,溘然长辞。谱架上仍然摊放着巴赫奏鸣曲的乐谱,但手中执着的小提琴却已经永远无法奏响。

威滕伯格,这位曾经名震欧洲乐坛的音乐奇才,就这样在上海的土地上度过了他生命中的最后13年。他用非凡的音乐才华引导许多中国学生走进了西洋音乐的殿堂。

(黎犁根据中国新闻网有关报道整理)

难民音乐家作曲上海
《玫瑰，玫瑰，我爱你》传世

Refugee Musician in Shanghai Composed the
Legendary *Rose, Rose, I Love You*

来自德国科隆的音乐家兄弟在上海避难时，教过很多中国学生。他们不仅制作了30张中国唱片，还将中国作曲家陈歌辛创作的《玫瑰，玫瑰，我爱你》谱为《玫瑰遍地开》的乐曲，让中国的流行歌曲走向了世界。

Musician brothers from Cologne, Germany, taught many Chinese students when they took refuge in Shanghai. They not only made 30 Chinese records, but also made the score of Meigui Meigui Wo Ai Ni (meaning "Rose, Rose, I love you" in English) into that of *Rose, Rose, I Love You* bringing Chinese pop song to the whole world.

在莱茵河畔的德国科隆,有一对音乐家兄弟。哥哥奥托·约阿希姆是犹太作曲家,弟弟瓦尔特·约阿希姆是科隆室内乐首席大提琴手。1939年,兄弟俩为躲避纳粹的屠杀,双双逃离科隆来到上海避难。生活逐渐安定下来后,他们在上海开了一个琴行,组织了一支小乐队,并经常在霞飞路(现在的淮海路)上的DDS咖啡馆里表演。

犹太音乐家奥托·约阿希姆

犹太音乐家瓦尔特·约阿希姆

在上海他们带教过很多学生，其中就有中国著名大提琴家司徒志文。最令司徒志文印象深刻的一件事是，有一次他们要学一首帕格尼尼的古典奏鸣曲，但没有乐谱，于是约阿希姆借来唱片，硬是听着唱片把曲谱给扒了下来，学生们就是用他扒下来的手抄本曲谱进行学习。

当年，在日本侵略军圈定的上海虹口犹太隔离区里，许多犹太难民为了谋生只好沿街设摊叫卖。约阿希姆兄弟也不例外，他们白天打工，晚上还要去咖啡馆和舞厅拉琴，每天都要工作到凌晨三四点才能休息。虽然辛苦，但他们很满足："如果不是来到上海，在德国、波兰、欧洲的集中营里的日子，那将是非常可怕的，正是因为来到上海，我们才幸存了下来。"

陈歌辛青年时代照片

　　奥托·约阿希姆在上海做的最重要的一件事情，就是制作了30张中国唱片。他认识了一位中国作曲家陈歌辛，但当时他并不知道陈歌辛的名字。陈歌辛将曲调哼唱给他听，他记录了下来。后来，奥托·约阿希姆所有的曲子里，就有了一首非常流行的叫《玫瑰遍地开》的乐曲，其实，这首曲子就是陈歌辛所作的《玫瑰，玫瑰，我爱你》。

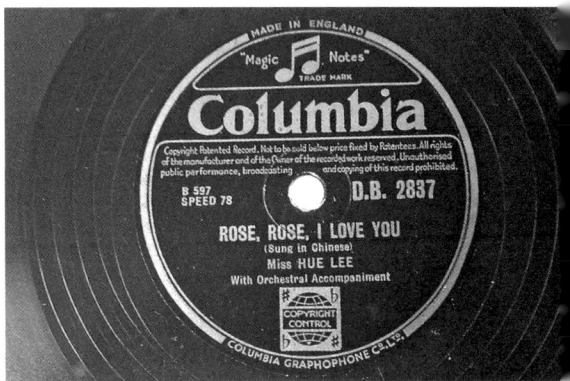

Rose, Rose, I Love You

美国著名的爵士歌手弗兰克林用英文演唱了"Rose, Rose, I Love You"这首歌，并获得了全美流行乐排行榜第一

　　《玫瑰，玫瑰，我爱你》最早是在上海的舞厅里流行开的，1945年左右这首曲子流传到了美国，有位美国作曲家把这首歌译成了英文，叫 *Rose, Rose, I Love You*。1950年，当时美国著名的爵士歌手弗兰克林用英文演唱了这首歌，并获得了全美流行乐排行榜第一。起初很多人都以为这是首美国歌曲，后来才知道是从中国传过来的，于是在出版的谱子上写了曲作者不明。玫瑰，玫瑰，我爱你。如今在世界各地回响着的这段优美旋律，仿佛仍在向人们诉说着这对犹太音乐家的中国情缘。正是他们，让中国的流行歌曲走向了世界。

（黎犁执笔）

苦中作乐有选美
歌手裁缝成皇后

A Singer and Seamstress Became the First Beauty Queen of the Jewish Community in Shanghai

虽说时逢战乱，纳粹的阴影还沉重地压在心头，在上海的犹太难民还是能够苦中寻乐，1939年举办了犹太社区的第一届选美大赛。选手拿着号牌走台，认认真真的。最后，曾经做过歌手和裁缝的11号选手成为首届"选美皇后"。

Although it was a war-stricken period and the shadow of the Nazi's oppression was still over people's mind, the Jewish refugees in Shanghai managed to enjoy life amid adversity. In 1939 the Jewish community held the first beauty pageant during which the contestants took the number plate in their hands and tried their best to show their elegance on the stage. Finally, the No.11 competitor who was once a singer and seamstress, won the first prize and became the first "beauty queen".

身着旗袍的英格

选美前的暖场演出

　　虽说时逢战乱，纳粹的阴影还沉重地压在心头，在上海的犹太难民还是能够苦中寻乐，1939年举办了犹太社区的第一届选美大赛，还进行得有模有样。暖场节目，有拳击有舞蹈有表演……选手拿着号牌走台，认认真真的。最后，11号选手夺魁，曾经做过歌手和裁缝的英格成为首届"选美皇后"。

"上海小姐"选美的场景

11号是英格

　　选美大赛当天，犹太难民们欢快地聚在一起，谈笑声不绝于耳。他们暂时忘却了战争带来的痛苦与辛酸，摆脱了过去沉重的记忆。那天，他们不谈过去，只想着未来，他们都奔着开心而来。"选美皇后"英格获得的奖品是一瓶香槟、一个衣橱和三个求婚。大家用香槟酒热闹地为英格庆祝了一番。

上海还见证了英格浪漫的爱情与婚礼。

1947年10月底的一天,英格去一家咖啡馆看望朋友。当时还不到开门营业的时间。正在休假的菲律宾海军工程师厄尔尼斯特路过咖啡馆时,敲了敲门。英格的这位朋友循声应道,请问有什么需要帮忙的,咖啡馆还不到开门时间呢。

他回答说,我想要的就是一杯咖啡以及坐在屋子另一端的那位女士的名字。于是她让他进了咖啡馆,给他送来了咖啡并把他介绍给了英格。

英格与厄尔尼斯特(未戴帽者),1947年。厄尔尼斯特即将与战友随船离开上海

6天后,英格与厄尔尼斯特闪电般地在上海举行了婚礼。他们的结婚证是中文的,结婚礼服是从朋友们那儿借的。因为时间太短,他们根本来不及准备礼服。

彼得·迈克斯根据英格的结婚照创作的油画

英格与彼得·迈克斯，1997年。英格与彼得的母亲是很要好的朋友，在上海的时候，两人几乎每天都会在一起喝喝咖啡、聊聊天。英格总是说起彼得小时候拿着蜡笔在纸上练习绘画的情景

1948年，英格一家离开上海前往美国定居，英格夫妇育有2个孩子。英格一生都与子女和孙辈们住得很近，只有6个街区的距离，家人之间也时常见面。英格还很享受与家人一起周游各国。回忆起在上海的生活，她总是很愉快。英格说中国人和犹太人非常相似，都对家庭十分重视。

（廖光军执笔）

弗洛伊德弟子
在沪创办《黄报》

A Disciple of Freud Started *Die Gelbe Post* in Shanghai

70年过去了，人们抑或早已淡忘了《黄报》，然而，说起犹太难民在上海的往事春秋，大家就会想起《黄报》想起它留下的鲜活而生动的历史。《黄报》主编是弗洛伊德的学生。

　　70 years have passed. People nowadays may have already forgotten the *Die Gelbe Post*. But at the mere mention of the past life and stories of Jewish refugees in Shanghai, they will think of the *Die Gelbe Post* and the vivid and colorful memories it left to them. Besides, the editor of *Die Gelbe Post* was a student of Freud's.

官方修的《上海新闻志》在介绍民国时期报纸中，只选择了一种德文报纸——《黄报》(Gelbe Post)。其时德文报纸还有多种，志书选择《黄报》，表明了《黄报》在上海报业发展历史上的地位。70年过去了，人们抑或早已淡忘了《黄报》，然而，说起犹太难民在上海的春秋往事，大家就会想起《黄报》，想起它留下的鲜活而生动的历史。

《黄报》的社长兼主编兼主笔名叫阿道夫·约瑟夫·施托菲尔 (Adorf Josef Storfer)，精神分析学派创始人弗洛伊德的弟子。1938年纳粹入侵奥地利时，由于弗洛伊德是犹太人，因此他不顾82岁高龄逃往伦敦。同年年末，弗洛伊德的弟子施托菲尔也逃亡上海避难。1939年3月，他的恩师弗洛伊德在伦敦因癌症不幸去世，同月，他向工部局申请办报，2个月后，施托菲尔在上海创办了

阿道夫·约瑟夫·施托菲尔，弗洛伊德的学生，《黄报》主编。

《黄报》。

《黄报》的创刊号别具特色,在"编者的话"中特别声明,《黄报》之名与"黄种"、"黄斑"以及奥匈帝国的"黑黄"国旗无关,更与美国的那种"Yellowpress"(黄色刊物)没有任何关系,仅仅因为是用黑色的字印在黄色的纸上,使人看起来舒服而已。这一想法倒是和70年后的现代人环保用纸、爱护眼睛的想法相通。

犹太难民办的德文刊
物《黄报》

　　初始,《黄报》是期刊,每期约有22页。每半月一期,连续出版7期后,1940年《黄报》改版为报纸,先是周报,后来变成半周报,最后变成日报。

　　《黄报》一问世,好评如潮涌来。从维也纳过来的拉迪斯劳斯·弗兰克写道:"1939年5月,《黄报》一出版,就赢得了在这文化濒死的时代所有人的心。大家高兴地看到移民队伍中有这样的人,能在单调的英美殖民地变出一个真文化的小花园。"

　　施托菲尔很懂办报,善于取得中国各界包括政治家、外交官、作家、记者的支持,其中包括茅盾、宋美龄、林语堂等,后来被称为"国际义人"的何凤山也经常为《黄报》撰稿。他借名家之力扩大《黄报》影响。他把第一期发到旧金山,希望他的朋友在美国推广,扩大《黄报》的影响。

　　施托菲尔还注意抓热点和贴近本地人文的办报规律。茅盾的《子夜》问世不久,《黄报》即刻译载了一章;《黄报》还为读者介绍"中国人的性爱小说"《金瓶梅》。

　　《黄报》强调"中立",但倾向于中国人民,报纸的重点放在亚洲,向中欧的流亡者系统地介绍上海,介绍中国。创刊号上施托菲尔亲自撰写开篇文章《向苦力致敬》是个范例。文章表达了对中国受苦受难的底层人民的同情,一开始就是:"当他们扛着对自身命运的担忧、漂洋过海、走过跳板、踏上上海这片陌生土地时,若非铁石心肠,投向陌生世界的第一眼必将使他们惊呆:不堪重负的码头工人。"文至末了,他充满激情写道:"致敬,向苦力致敬,向中国劳苦大众致敬!"

这种同情不断出现在《黄报》的文章中。他刊登的《一对日本夫妇站在中国一边》是埃德加·斯诺所写,矛头直指日本;他还刊发何凤山写的《日本的两个论点》,文章有力驳斥了日本侵略中国的理由。日本当局将这些文章看成施托菲尔对他们的直接挑衅。

施托菲尔既是管行政、管经营的社长,又是主管编辑笔政的主编,还是这份报纸的主要撰稿人。他写评论、写专栏,写各类报刊文章,直至专业论文。

中西文化交流是该报的重要内容。作为精神分析学派的传人,他写文章时经常用到精神分析学的见解。在《黄报》上发表了5篇文章专门写精神分析:日本的精神分析、巴勒斯坦的精神分析、弗洛伊德对人的看法,还有一篇写"性生活卫生"。

词源学也是他的强项。第一期里就有他写的《在上海的学校里不教洋泾浜英语》,极为有趣。文章从混杂语言的来源说到洋泾浜英语的来源。令人惊奇的是,施托菲尔到上海不过短短几个月,竟然了解那么多的洋泾浜英语,并且还能从词源学上作深入的分析。

尽管经营有困难,施托菲尔依然坚守着新闻理想,不肯降低杂志水准。他喜欢上海文化环境,他说:"我感到这里只有中国人才有真正的精神生活。欧美人大多只是淘金客,在这个无主,亦无根的城市为所欲为,除此之外就只对体育运动、小道消息以及奢华生活感兴趣。一个女子发型师肯定比巴黎索邦大学教授有面子,日子也过得更好。"受迫害的犹太人觉得中国人比主要为淘金来到上海的其他西方人更为可亲。

他会不时流露出对中国思想的敬意,他说,丰富而复杂的中国思想,欧洲人理解不了。在第五期《黄报》中他引用了德国哲学家1697年的话,说莱布尼茨根据欧洲当时的种种情况,认为有必要让中国人到欧洲传教。

惹恼纳粹的抑或还是他在词源学上的研究。施托菲尔先后在《黄报》上发表2篇文章,探讨了德语日常用语中"Jud(犹太佬)"一词。凭着惊人的渊博知识,他几乎搜遍德语区的每个通俗语角落,举大量例子证明跟犹太有关的事物遭到贬低。例如维也纳人将熨衣服时不小心弄出的一个褶子叫作"Jud",裁衣服裁错一块也叫"Jud"。在萨尔区,要警告有人偷听,就说:"嘘,船上有Jud!"就这样,施托菲尔用词源学证明,在从肉体上谋杀犹太人以前,已经有了思想和语言上的谋杀。

1940年8月,因为在《黄报》上刊登"邪恶的反第三帝国的煽动性宣传",在维也纳盖世太保指挥部的催促下,施托菲尔被褫夺了德国国籍。

1940年8月31日,因资金原因不得不将报纸卖给当时正在移民中的新闻之王奥西·莱温,但莱温买下后立即停办了。

后来他在一家英国广播电台担任某个节目的德语主编,还为英国信息中心工作。1941年,施托菲尔为逃避日本当局迫害,逃往香港,以后又经马尼拉到澳大利亚,最后定居在墨尔本。

作为木材商的儿子,施托菲尔最后在墨尔本的一家锯木厂工作,生命循环一周后又回到原点。1944年12月施托菲尔死于淋巴结癌,享年56岁。

上海犹太难民纪念馆举办介绍《黄报》主编施托菲尔的讲座

然而，人们永远记得他留下的1000版《黄报》，尽管这份报纸只生存了16个月。

(黄媛执笔)

隔离区的摄影师
避难上海见证人

A Photographer in the Ghetto Witnessed the Refugees' Life

避难上海时，霍斯特·艾斯菲尔德成了一名摄影师，并用自己的相机拍下了很多旧上海以及虹口隔离区内的生活场景。成百上千张照片，留下了70年前老上海的建筑、生活、街景、活动和人。这些照片是极为珍贵的史料。

Horst Eisfelder became a photographer when he took refuge in Shanghai. He recorded many scenes of life with his camera in Hongkou Ghetto in the old Shanghai. He left thousands of pictures recording the architectures, life, streets, activities and people seventy years ago in Shanghai. Among these photos, many were taken in the Ghetto. Now these pictures are historical materials of great value.

　　霍斯特·艾斯菲尔德 (Horst Eisfelder) 1925年生于柏林。1938年, 13岁的霍斯特为了逃离纳粹迫害不得不随家人从欧洲辗转来沪避难。1947年, 霍斯特一家前往澳大利亚墨尔本定居。

　　避难上海时, 霍斯特成了一名摄影师, 并用自己的相机拍下了很多旧上海以及虹口隔离区内的生活场景。德国电视二台 (ZDF) 曾以霍斯特为主人公, 拍摄了一部名为《隔离区的摄影师》的电视纪录片。

　　2004年, 霍斯特出版了自传《流亡中国——我在上海和南京的日子》, 书中有许多霍斯特自己拍摄的珍贵的历史照片。他在自传的扉页上引用了一句中国谚语"百闻不如一见"。他在书中写到, 人的记忆无法跟相机一样, 提供一个不变的、准确的、未失真的

霍斯特·艾斯菲尔德近照

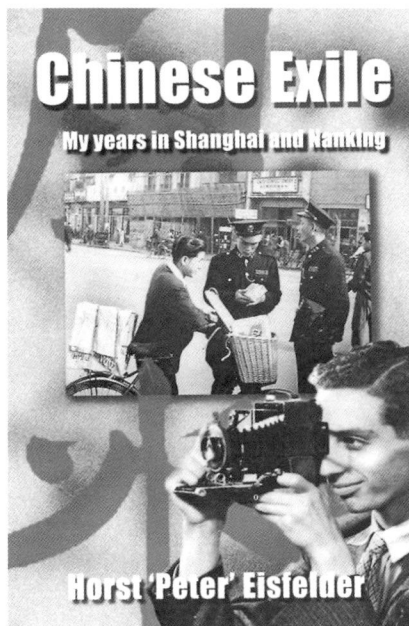

霍斯特出版了自传《流亡中国——我在
上海和南京的日子》

记录。自传中提到的人和事，霍斯特是根据自己当年整理的笔记、
剪报、地图、照片和记忆写出来的，与此同时，他还做了大量的研究
工作，力求准确。2015年，当我们到霍斯特家中对他进行专访时，
就被那满屋子的书籍和资料深深震撼。

对上海的第一印象

1938年10月30日，霍斯特一家在意大利特里亚斯特港口登上
了Conte Verde邮轮。在航行途中，令霍斯特记忆深刻的是他常常
晕船，另外，他还在船上过了13岁生日。

1938年11月24日，在海上航行了近一个月，邮轮渐渐靠近黄

第一印象：坐落于苏州河畔的百老汇大厦（今上海大厦）。大厦右边是礼查饭店，最右边是俄国领事馆

浦江码头时，霍斯特终于看到了上海，第一眼的感觉令他感到惊喜。此前在欧洲，他们对中国、对上海知之甚少，以为到了这里看到的会是一些用竹子或是泥墙搭起来的小房子，因为在欧洲出售的中国瓷器茶具上面的图画就是这样的房子。外滩的建筑群令霍斯特感受到了西方文化在上海的影响。霍斯特拍了一张对上海"第一印象"的照片，图中央是上海大厦、苏州河，图中也可见礼查饭店和俄罗斯领事馆。

在上海的第一个家

国际救济欧洲难民委员会 (International Committee for Granting Relief to European Refugees, 简称IC或国际委员会) 的工作人员在码头迎接了新到的这批犹太难民，并为每个家庭安排了临时住处，地址写在一张小纸条上。霍斯特一家拿着小纸条，叫了一辆出租车，去寻找他们在上海的第一个家：霍山路125弄3号。当车子开到霍山路附近的时候，天色已晚，司机怎么也找不到这个地方。因为战争，这里的房屋被严重毁坏，很多路灯、路牌也没了。后来在一个印度警察的热情帮助下，他们总算找到了住处。房东是一位俄国老太太。当晚，霍斯特一家就在附近的一个俄国人开的杂货店买了些肥皂、毛巾和其他生活用品，又去了一家俄国餐厅吃晚饭。回到住处后，他们才发现床上没有铺什么，也没有被子，于是只好把箱子里的大衣雨衣什么的统统盖在身上，凑合着度过了第一个晚上。霍斯特的照片中也有上海第一个家的照片。

到上海后的第一个家位于汇山路（今霍山路）125弄3号。霍斯特一家住在二楼前面的
房间（摄于1939年）

从第一个家的后面可以看到监狱。战争遗留下的断壁残垣在1939年得以修复重建，
1939年以后成为虹口隔都的中心（摄于1938年12月）

路 易 咖 啡 馆

依靠美国的一个叔叔寄来的1000美金，霍斯特的父亲在朋友的帮助下，在南京西路1255号租下了一个地方用来开店。1939年2月11日，路易咖啡馆正式对外营业，主要供应欧式蛋糕和手工巧克力，也有各种饮料。咖啡馆招了几名中国员工，他们根据霍斯特的姨妈玻尔莎 (Bertha) 的指导烘焙蛋糕。咖啡馆的生意非常好，深受欢迎。有的时候，店里坐着约30位客人，可能有着20个甚至更多个国家的国籍。霍斯特的父母和这些中国员工相处得很好，他们还时不时应

虹口区的华德路343弄。这样的弄堂到现在都还是上海的特色建筑 (摄于1943年前后)

邀到中国员工家里去做客,一起庆祝一些重要的节日。

　　然而好景不长,1943年2月18日,日本占领当局宣布在虹口提篮桥地区建立"无国籍难民限定居住区"(难民称之为"隔离区"),1938年及其之后来沪的犹太难民都必须搬进隔离区。霍斯特一家被迫卖掉了路易咖啡馆。他们好不容易重新建立起来的新生活,再一次被摧毁。在和日本人见面后没几天,霍斯特的父亲得了心脏病,住进了医院。

　　后来,由于缺乏资金,霍斯特的父亲只得与人合作,在隔离区内重开路易咖啡馆。1943年9月28日,路易咖啡馆在华德路(今长阳路)24弄25号重新开业。咖啡馆的很多老客人也回来了。但是由于隔离区内用电、用气配额管控越来越严,路易咖啡馆无法再提供正餐。

霍斯特的母亲——海德薇·艾斯菲尔德站在虹口区路易咖啡馆的柜台后 (摄于1944年)

兴趣爱好摄影

　　路易咖啡馆的收入，维持一家人在上海的生活，霍斯特的哥哥也在咖啡馆帮忙。霍斯特是家里最小的，一家人到上海安顿下来后，他就进入上海犹太学校学习。过了一段时间，霍斯特觉得他在学校学不了什么，就跟父母说想离开学校并得到了他们的同意。

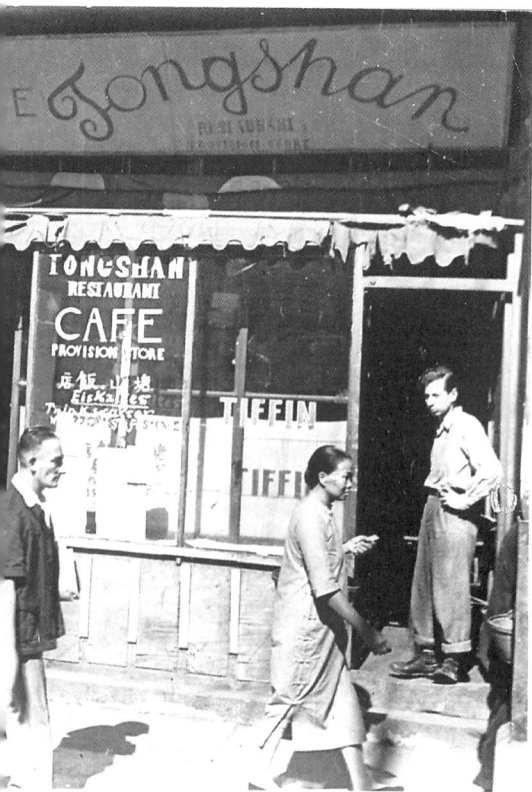

唐山咖啡馆和供应品商店。店主人的儿子——F·格洛高正站在店门口（摄于1944年夏）

　　霍斯特离开学校后不久，她的母亲几乎问遍了咖啡馆的每一位客人，希望他们能帮霍斯特介绍一份合适的工作。在其中一位客人的帮助下，霍斯特到了一家进出口公司工作。之后，他又在一家生产咖啡因的工厂工作过一段时间。1944年5月27日，因为不喜欢咖啡因工厂的工作，霍斯特再次选择离开。

　　霍斯特说，离开工厂后，他不得不开始考虑自己的人生和未来。因为一直对摄影感兴趣，他决定找一份与之相关的工作。后来，他就跟着一位来自波兰的比尔德先生（Mr. Bild）学习摄影。战时的上海，用电受到严格管控，一些原本需要在室内拍摄的人物特写，也不得不在日光下拍摄。摄影工作室因为在隔离区外，霍斯特还得经常去申请通行证，面对那喜怒无常的日本官员合屋。他说，合屋有时候会无缘无故地扇老人耳光，羞辱人。除了霍斯特，他们家的其他人都没有申请过通行证，一直待在隔离区。得到通行证的难民在隔离区外必须随时佩戴"通"字徽章。2015年4月，我们在采访霍斯特时，他向我们展示了这枚红色的徽章，并同意我们将之带回上海用于制作复制品。

　　霍斯特在上海拍了成百上千张照片，上海的建筑、生活、街景，还有各种活动、不同的人，都曾是他拍摄的对象。难能可贵的是，

警察正在检查"可疑物品"——实际上那不过是庆祝逾越节所必需的薄饼、发酵面包

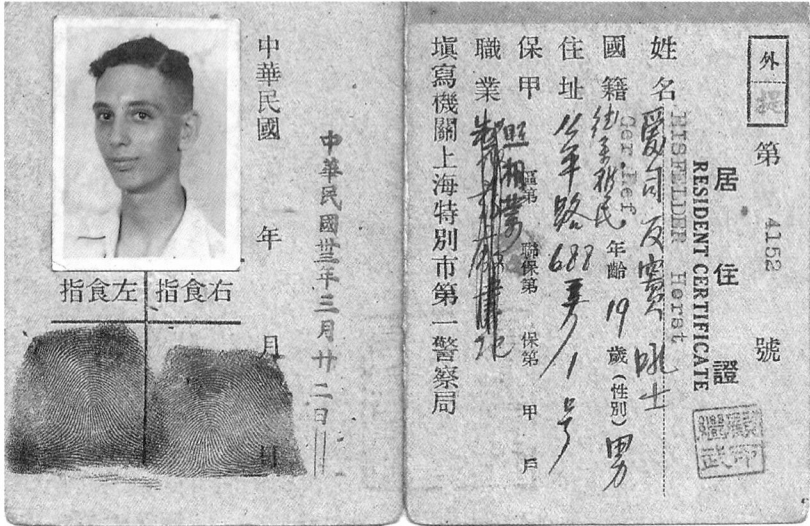

霍斯特在上海的居住证

霍斯特的女友在虹口东有恒路（今东余杭路）兴旺的集市上

他还在隔离区内拍摄了不少照片。这些照片对研究隔离区极为珍贵。例如,现在新闻报道中经常用到的罗伊屋顶花园及舟山路的照片都是霍斯特拍摄的。还有一张照片是霍斯特当时的女朋友格尔达 (Gerda) 走在熙熙攘攘的东余杭路上的情景,身边是身着旗袍长衫的中国人。这张照片很生动,曾被用于研讨会宣传海报和多本画册、书籍。

再 见 中 国

1947年5月28日,霍斯特一家乘船离开上海,前往澳大利亚定居。登船前一小时,霍斯特还特意又到舟山路上去走了走,他说,

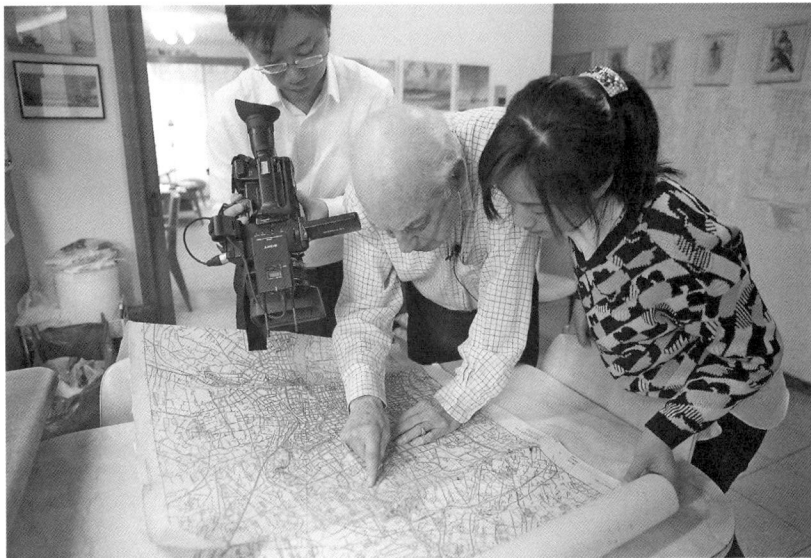

霍斯特在讲述当年的生活地点

他永远不会忘记那天走在舟山路上的情景。

霍斯特说,"当时的上海、中国,尽管有一些不尽如人意之处,但这里毕竟为犹太难民提供了一个庇护之地,拯救了我们的生命。归根结底,这才是最重要的。"

(廖光军执笔)

隔离区里的犹太人
重视医疗教育文化

Jews in the Ghetto—Attention was Paid to Health, Education and Culture

在隔离区生活的犹太人，除了能维持低物质生活之外，他们的医疗、教育、宗教活动、文化生活等依然能获得保证。

早在1939年炎夏，上海犹太难民中的艺术中坚分子就在兰心戏院上演了话剧。在各个难民收容所，当时共上演了60多部德文戏剧。

Apart from the low-level materials of life, the Jews living in the ghetto could also expect a guaranteed standard of health, education, religious activities and cultural life.

As early as the scorching summer of 1939, the backbone artists among the Jewish refugees presented dramas at the Lyceum Theatre. More than 60 German plays were performed at various refugee shelters then.

　　虹口隔离区内的犹太难民人数不断变化,有一部分离开了上海,但据欧洲难民联合会 (ERU) 在1944年11月份的统计,居住在虹口区隔离区内的犹太难民,总数仍然有14245名,其中来自德国的为8114名,来自奥地利的3942名,另有3名嫁给犹太难民中的中国女性。

　　在隔离区生活的犹太人,除了能维持低物质生活之外,他们的医疗、教育、宗教活动、文化生活等也能得到保证。

　　以医疗机构为例,早在1939年之前,上海就有一所由犹太人开设的犹太医院,地址在今天的徐汇区汾阳路,现在,它已更名为复旦大学附属眼耳鼻喉科医院。1939年1月,华德路收容所内正式成立了一所综合医院。不久,兆丰路、荆州路、爱而考克路、平凉

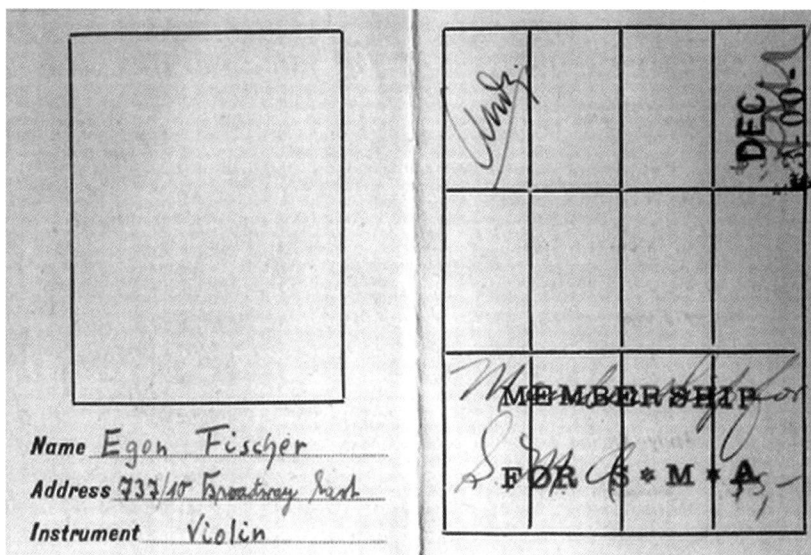

犹太难民们积极参加上海外侨音乐家协会的活动,这是当年的会员证

专为犹太难民建立的华德路犹太医院

路等处收容所也相继办了门诊部。据说在"二战"期间,它们接受过的医患者高达66万人次。1939年3月,原华盛路(今许昌路)收容所开设了一家难民医院,由嘉道理父子洋行和新沙逊洋行捐赠。这些医疗机构基本上能满足犹太难民的需要,还抗击了1939年5月爆发的一次流行病。

　　犹太难民是十分注重教育的,在上海的犹太难民社区,很早就办起了学校,称为上海犹太学堂。1939年11月1日,虹口区荆州路办起了一所犹太青年学校,学生达600多名,后又迁址在东有恒

路 (现东余杭路) 627号,学校更名为嘉道理学校,有17名教员,校长为女性,叫露茜·哈特维希。而密尔经学院在隔离区建立以后,也被迁到了虹口区的汇山路,但他们仍被允许每天上午可以凭通行证到位于博物馆路 (今虎丘路) 的阿哈龙会堂的经学院原址去上课。此外,犹太难民中的正统派犹太教还办了一所塔木德经文学校,1939年12月正式开学,至1945年时,学校从原先的35名学生增加到近300名。

隔离区内的文化生活也依然进行着。早在1939年炎夏,上海犹太难民中的艺术中坚分子就在兰心戏院上演了话剧《大利拉》(弗兰克、沃尔富马作)。据说在各个难民收容所,当时共上演了60多部德文戏剧。此外,犹太难民还成立了意第绪剧团,上演了不少

上海犹太学校的学生于1946年在校舍前合影

意第绪语话剧。隔离区建成后，犹太难民的演剧活动需要向汪伪
警察局提前申报方许进行，尽管手续麻烦，他们仍频频举行。据伪
上海特别市第一警察局 (静安区分局) 特高处所遗下的有关犹太难
民文娱活动的申请报告材料显示，从1944年1月29日到同年12月
16日止，犹太难民演出活动共达到25次，平均每个月2次多。举办
的文娱活动包括演剧、麻雀游戏会、聚餐会、舞会等。如3月25日
下午8点30分举行的演剧活动，来宾90人，地址在大同路1623号
犹太总会。5月13日下午8点又上演三幕俄语歌剧，不售票，凭请
柬入场，观众300人。11月20日犹太难民申请下午在大同路1623
号犹太总会举行短剧表演，门票分别为100元、200元、300元，观众
100人，大半为俄犹，负责人为波兰难民，住虹口区华德路346号。

犹太难民组织的足球队在上海颇有名气

1943年虹口收容所俱乐部乒乓球赛冠军

犹太难民们经常组织戏剧表演，他们还上演过意第绪戏剧

犹太难民豪斯特·列维担任了XMHA广
播电台的节目主持人

后因汪精卫病死而被责令延期。从中可以看出，当时日本人在虹
口区建了隔离区后，犹太难民要申领通行证，才可以到公共租界活
动（包括经商）。1944年2月27日，上海犹太人救济会举行常年会
议，约40名代表出席，当天选举白克礼（Y.Brick）任主席，列培门
（S.Liberman）任副主席，当选的委员22人，监察委员5人。委员和
监委有俄犹、波犹等，分别住在亨利路、西摩路、静安寺路、环龙路、
小沙渡路、格罗希路、台拉斯脱路、辣斐德路、霞飞路、高恩路、迈而
西爱路、福履理路、哈同路、亚尔培路等处。这说明，当时上海的犹
太难民还未全部被强迁入隔离区。当然，这并不是日本侵略者的
"仁慈宽厚"，而是此时因太平洋战线和中国战场吃紧，没精力来对
付犹太难民罢了。

（熊建民根据陈云发《虹口往事》书稿整理）

难民乃创业能手
维也纳头巾畅销

The Refugees were Good Entrepreneurs Making the Viennese Scarf a Hit on the Market

1941年的冬天，当马路上，法国梧桐的树叶一片片在朔风中掉落下来的时候，一对犹太夫妇把编织的维也纳式的头巾送到了静安寺附近的飞腾、耀胜、开开等服饰店，一上货架就被时髦的女士们买光了。后来，连这种维也纳式的包巾、方巾、披巾，也成为很抢手的商品。

Winter fell in the 1941 Shanghai. When leaves of French Platanus were falling down the street in the north wind, a Jewish couple sent the Viennese scarves woven by themselves to clothes stores, such as FT, Yaosheng and Kai Kai, near the Jing'an Temple. Upon the new arrival of these scarves, they were instantly sold out by fashionable ladies. Later even the napkins, kerchiefs and shawls of this Viennese style became very popular.

　　1938年，胡德玄在金陵东路新生街 (现称永新路) 的一家叫义生行的绒线店当学徒。那个时候，新生街的绒线店一家挨着一家，而邻近的棋盘街上则都是呢绒店，最有名的叫"三大祥"，即协大祥、宝大祥、信大祥。

　　因为胡德玄有文化，又懂点洋泾浜英语，所以，进店半年就从柜面接待提升为会计。进店后的第二年，即1939年的一天，他从报上读到了几则关于许多欧洲犹太难民到上海来避难的消息，据说总数已经达到几千人了，当时也没太在意。不久，便有一个犹太商人到店里来买绒线，因为柜面营业员不懂外语，所以由胡德

犹太人为了生计，在上海暂住地出卖生活用品，被当时的报纸称为"开在房间里的百货商店"

玄去接待。

那是一位中年犹太商人,一见面,他就很客气地提出:能不能以批发的价格卖给他?胡德玄考虑到对方要的量比较少,所以便以比批发价略高、比零售价低一些的优惠价格卖给他。对方很高兴地说,这包绒线他买去后,是自己加工搞编织品用的。"我住舟山路4号,请你以后有空过来(玩)",犹太商人非常热情地向胡德玄发出了邀请。胡德玄虽然漫不经心地应了一句,但实际上那时他连舟山路在哪里都不知道。不过,在随后的生意接触中,他知道了这位犹太商人的名字:斯坦恩·格拉勃。

斯坦恩是1939年3月乘船到达上海的。在此之前,他们夫妇生活在维也纳,那里有自己的房子,可爱的女儿安妮,还有自己的事业。"二战"前,斯坦恩先生获得了博士头衔,过着安定、富足的日子。法西斯势力在德国崛起后,犹太人的日子便逐渐艰难起来,斯坦恩被纳粹关入了集中营,后来,他有幸被释放,辗转到了上海。还没完全站稳脚跟,他便赶快捎信给妻子,叫她带上女儿安妮赶快到上海来。于是,他的妻子便也第一次知道了世界上还有一块像诺亚方舟般的栖身地方,它的名字叫上海,虽然遥远,但还安全。就这样,妻子带着女儿也到了上海,那时,小安妮才4岁。她那双稚嫩的大眼睛,还没有能力分辨出维也纳与上海究竟有些什么不同。

到上海以后,虽然先前已在上海的同胞努力救助他们,给他们一家安排了住处,但是,生活依然是拮据的。斯坦恩脑子灵活,他找来了一份上海犹太商人的名册,一页一页地寻找,又不断出去与对方接触,很快,便找到了一份工作,为一家商店跑业务。

斯坦恩太太是位聪明、博学的女性,她看到丈夫整天在外奔波,没日没夜不说,有时还不得不看别人的脸色,心头便隐隐作痛。一天,一家人在吃晚饭的时候,斯坦恩太太对丈夫说:"亲爱的,你这样整日在外边忙碌,虽然能够赚一点糊口的钱,但也实在太难了。况且,我也帮不上你的忙。我想,与其帮别人这样干,我们为什么不自己开个店来干呢?"斯坦恩点了点头:"是好主意。可是,中国人的绒线,批发给我们的价格已经不便宜了,再开绒线店,不但要有一笔大本钱,而且还不一定能赚钱。"

"不,不,不",斯坦恩太太摇头,并用手中的汤匙比画着说:"幼年时我在维也纳,犹太学校曾经教我们编织头巾,我在市场上闲逛时,发现我们冬天用的那种维也纳式头巾根本没有卖。所以,我想试试,能不能从这方面打出一点财路?"

斯坦恩被太太的美好理想打动了,忙搂过她的头,在额上吻了一下,说:"亲爱的,这大概是个好主意,中国人没见过这种头巾,他们一定会喜欢的,我明天就去给你采购原料。"

"就要那种细细的开司米绒线,先买一二斤试试。"

"当然,那是没问题的。嗨,我早就说过,上帝保佑我们,没有什么困难能阻挡住我们犹太人。"

第二天,斯坦恩便从义生行绒线店买来了开司米绒线,斯坦恩太太很快便把维也纳头巾编织出来了。1941年的冬天降临上海,当马路上,法国梧桐的树叶一片片在朔风中掉落下来时候,斯坦恩便把妻子编织的维也纳式头巾送到了静安寺附近的飞腾、耀胜、开开等服饰店,一上货架就被时髦的女士们买光了。后来,连这种维

当年静安寺附近的街景

也纳式的包巾、方巾、披巾,也成为很抢手的商品。光靠斯坦恩太太一个人编织是来不及的,于是,她就把自己的中国女邻居召集起来,教她们学习编织技术,然后,这些头巾、披巾等都由斯坦恩拿出去销售,随着时髦的维也纳头巾的畅销,斯坦恩一家拮据的生活也很快地得到缓解。

(熊建民根据陈云发《虹口往事》书稿整理)

犹太人生意经
重信誉亲情轻

The Jewish's Business Knack: Honesty First and Family Second

犹太人做生意很规矩，很讲信誉，不做滑头生意。在犹太难民圈子里有一条不成文行规，如果有人做了滑头生意，如以次充好、坑蒙拐骗，犹太商人们便会相约封杀这个人，从此这个人在犹太人的圈子里就再也无法立足。如果儿子做了这样的事，父母也不会去相救。

The Jewish are well-disciplined businessmen who put honesty first and keep away from cunning tricks. There is an unwritten rule in the Jewish business circle that if a man lies, cheats and steals in the trade, all the other Jews will force him out, and that man can never since survive in the Jewish community; nobody so much as his parents will come around to protect him.

我叫殷生洪，我的父亲叫殷祥根。父亲出生于1917年，当年他在舟山路60号做奉帮裁缝的时候，由于生意往来与犹太难民经常打交道。在以前的闲谈中，父亲曾亲口告诉了我一些当年有关犹太难民的故事，尤其是犹太人老卡勒勃的故事让我记忆最深。

犹太人做生意很勤劳，用现在的话，叫服务很到位，讲究圆满服务。如你让一位犹太裁缝做一套西装，他不但给你把西装做得很好，而且还帮你另配一条领带或领结，当然，领带和领结的原料可能是用你做西装时剩下的夹里布，也可能是另外寻一点布料给

犹太女人在出售瓷器，后面是一家理发店，店名用的是英文

你做。在西装的衣领内还会钉上一块标记,上面有店名或牌子,使顾客常觉得意外拣了便宜。况且,在衣领内打标记的做法,也使人感到心里踏实、放心,因而,犹太人做生意,常常能获得信誉。

犹太人做生意,有一套生意经。譬如,第一次同客人做生意,可能是不赚钱或微利,主要是求个回头生意,千方百计取得你的好印象,然后才是明明白白赚钱。尤其是一些比较成功的生意人,特别讲究争取回头生意,这样时间一长,他手头便会掌握到一批固定的客户。

犹太人做生意很规矩,很讲信誉,不做滑头生意。在犹太难民圈子里有一条不成文行规,如果有人做了滑头生意,如以次充好、坑蒙拐骗,犹太商人们便会相约封杀这个人,从此这个人在犹太人的圈子里就再也无法立足,甚至父母也不会去相救。所以,当时上海的市民都说犹太人做生意很"精明",也就是门槛很精的意思。同样是赚钱,犹太人赚你的钱,就讲究明赚,讲究售中、售后服务,让顾客也感到有意外开心的便宜。犹太人的这一套生意经,其实对我们上海人做生意也是有很大的影响。

1940年代初,在虹口提篮桥地区的舟山路上,有一位从奥地利逃难到上海的犹太商人名叫卡勒勃,他开了一家极谷织造厂,有几部横机搞编织,生产棉毛衫。可是,这个老卡勒勃却有点怪,他的厂子里的事务不准自己的亲生儿子插手,甚至平时也根本不搭理儿子。他的儿子只能在上海人开的一家煤球店当小伙计,平时的工作便是卖苦力、背煤球。后来,竟穷死了。原来,老卡勒勃的儿子在一次与另一犹商做生意时,以次充好,坑了客户。事情传开

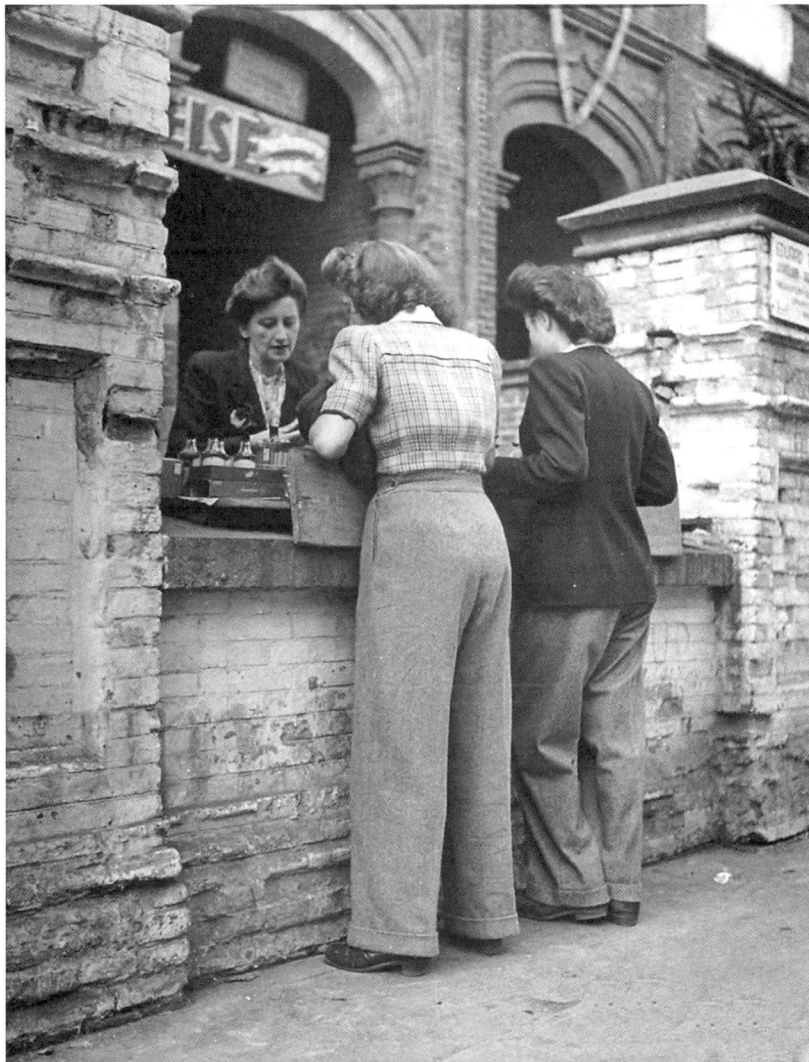

两个犹太妇女在一家犹太妇女摊位前选购商品

后，犹太商人们都认为他不诚实，做的是"猢狲生意"，所以，犹太商人们便联手封杀他，他在犹太商人的圈子里再也找不到工作做了。

当时有不少中国人议论此事时，都认为老卡勒勃心肠太硬，对亲情太冷漠了。但也有不少中国人，尤其是那些与犹太人做生意的中国人都认为：做生意诚信最重要。

（熊建民根据陈云发《虹口往事》书稿整理）

买卖煤炭求生上海
习惯中国商人礼仪

Making a Living in Shanghai by Doing Coal Business
and Learning Chinese Business Etiquettes

被迫流亡的犹太人一踏上中国的土地，顿时发现来到了一个完全陌生的地方，这里的生活习俗、文化思维、宗教信仰都令他们惊奇不已。但是，他们来不及想这些了，这个地方已经毫无芥蒂地接纳了他们，他们要竭尽所能地适应这里，习惯中国商人的礼仪。

When the Jewish refugees set foot on China, they suddenly found that they had come to a completely strange place where the customs, cultural thinking and religious beliefs surprised them a lot. However, they had no time to think about these. Since the people here had no hesitation to accept them, and all they could do was try their best to adapt into this place and get used to the customary etiquette of Chinese businessmen.

被迫流亡的犹太人一踏上中国的土地,顿时发现来到了一个完全陌生的地方,这里的生活习俗、文化思维、宗教信仰都令他们惊奇不已。但是,他们来不及想这些了,这个地方已经毫无芥蒂地接纳了他们,他们要竭尽所能地适应这里,好好地活下去。多年后,犹太难民们回忆起当年上海的日子,依然混合着感恩、辛酸和一点点疑惑。

哈瑞·托德考夫用笔记下了上海的日子,新来初到是这样的:"我们住在最简陋的那种住房,一起的还有贫穷的中国人,我们一同度过了三年半的时光。每个人都要靠一己之力为自己提供食物和衣服,那些没有一技之长可以傍身的,就得和30人或30以上的人一起住一间房。每天的面包和简餐都是按需分配的。"

哈瑞很有犹太民族的经商天分,很快便找到了自己的生存之道——煤炭运输业务。由于当局不允许犹太人到隔离区外的煤炭生产厂,因此哈瑞通过向华人订购煤炭,再稍稍加工后卖给隔离区的难民。供应煤炭的华人每周进入虹口犹太人隔离区一次,进行交易收账付款或记账。哈瑞迅速适应了中国式的买卖方式,他

犹太厨娘正在用煤炭生火做饭

犹太人聚居区内的店铺

说:"(华人煤炭供应商)就在小本子上记下了这一切,虽然毫无疑问这不可能立为收据;虽然字是字,然而没有人再管它了。"

此类买卖在战时风险相当大,货源不稳定,价格波动巨大、法律不完善、管理缺失,在哈瑞的经历中,既遭遇过奸商,也与厚道的华商有过合作。有一年,通货膨胀严重,哈瑞订购的煤炭在第一份订单进行中途涨了3次价。夏末的一天,他们从报纸上看到一则消息,推断出煤炭的价格应该是有所下落。然而,给他们供货的却从那天开始向他交货,并且在14天内货物两清,而哈瑞也无可奈何地认了。与此同时,哈瑞赋予不少华商以"可敬"两字,如有次一个华商缺少一吨煤炭,因此希望哈瑞能够归还一吨煤炭给他,这次交易过程中,此华商给了哈瑞相当公平的回报,让哈瑞赞不绝口。

在与中国商人打交道中,哈瑞的观察颇为有趣。他租作办公室的鸽子间前面就是中国人的办公场所。他这样描述道:"前面的房间总是充满了优雅的中国人,他们身着长衣却从来没有任何实际行动。他们将告示挂在墙上。我们和他们如同两艘沿着截然相反的方向行驶的船只。"中国商人之间的礼节,也引起了哈瑞好奇,他注意到中国商人见面,其中一个人会立即提供一杯茶和香烟,但是如果到一个贫穷中国人的家里时,热水代替茶水待客。华人用算盘来计算更让他大开眼界,随着手指噼噼啪啪的上下拨动,货物的价格一个个飞了出来。当然他对此一窍不通。

日子在哈瑞对中国对中国人的深入了解中一天天逝去,他接触的中国人应该不会少,甚至看到了诸多中国人的日常娱乐,他觉得中国人贪玩得像孩子,尤其喜欢麻将,而他始终没弄清楚麻将到底是怎么回事,他把麻将当作"一种国际跳棋或跳棋——有着大量的输与赢"。

有关麻将的娱乐,带来了一种假象,仿佛那是些安稳美好的日子,其实最糟糕的日子马上出现在哈瑞的记录中。

战争结束之前不久,哈瑞和很多犹太人一起,被日本人隔离在虹口的一处角落,每三个房子配有一个兵工厂,此外,还有广播电台。日本想以这样的安排胁迫美国人,使美国人不敢来轰炸。然而某一天下午1点钟,战火燃到了哈瑞他们居住区的上空,他们的棚屋不幸被炸弹所击中,有人死亡和受伤。尽管如此,哈瑞一家可谓受到幸运之神的眷顾,他那尚在襁褓中的儿子,随着爆炸声从床上滚落至地上,安然无恙。虽然失去了借以安身的房子,但却成功逃过一劫。此后,他们搬进学校居住,直到战争结束。

和平来得很突然,幸福如此巨大,完全超过了哈瑞的预期。有一天,他们又听到飞机的巨大轰鸣声,但并未伴随炸弹的呼啸声,抬头望去,一架美国飞机飞过头顶,飞机飞得很低,机身显得如此巨大，盘旋了几圈，他们终于明白飞机表达的信息：战争结束了，和平了。而此时，孩子们还一个个躲在床底下，以为又是一次空袭呢。

战争结束后，哈瑞在上海待了将近一年的时间，从这时起他们得到美国食品的资助，哈瑞非常感激为他们提供庇护的中国人民。"1947年，我们带着记忆离开，我们将永远记得历史上与我们共同经历黑暗时期的犹太同胞们，与我们一同经历的中国和中国人民使我们得以幸存，我将永远对此感恩。"

（黄媛执笔）

犹太难民文明
善在困境求生

The Jewish Refugee Civilization—a Strong Willpower
of Survival in the Plight

为了生存，在上海避难的犹太人以精明的头脑纷纷开店经商，他们态度好、守信用，深得上海市民的喜爱。乐观坚强的犹太人，在困境中也没有放弃对精神文化生活的追求，一到晚上，他们便聚集在霍山路百老汇戏院楼上的露天屋顶花园上喝咖啡、聊天、听音乐。

The Jewish people who took refuge in Shanghai began opening stores and starting their business one after another with their smartness in order to make a living. Being good-mannered and trustworthy, they won the popularity of Shanghai people. The optimistic and strong-willed Jewish people never gave up pursuing spiritual and cultural life despite of their plight. They gathered in the open-air roof garden of the Broadway Theatre Building on Huoshan Road, drinking coffee, chatting and listening to music when the night fell.

　　人们都说犹太人是天生的商人，做生意精明，确实如此，用上海话说就是"门槛精"。曾经有位犹太朋友跟我说："要开店，不管生意大小，一定要开在'闹猛'的地方，有市面的地方。店面小一点倒没关系。"因为只要市口好，就会有人流，有人流就会有生意，店小没关系，赚了钱后照样可以再扩张。但如市口不好，店开得再大也赚不了钱，反而会亏得大。现在想想真的很有道理。

　　我们住的霍山路、舟山路一带，有不少犹太人开的小店，其中百货店、服装店比较多，也有五金店、咖啡店等。犹太人开的店即使再小，里面都装修得干干净净，货物也都摆放得整整齐齐。他们有统一的营业时间，除了中午休息一小时，从早到晚都开门营业。生活条件较好的犹太人，家里有电话和冰箱，而更多的犹太人则生活非常困难，摆地摊擦鞋、剃头、缝纫，干什么的都有。一些生活困

犹太难民在昆山路食品杂货店前

唐山咖啡馆门口

苦的犹太人，就靠变卖家里带来的东西生存，久而久之，还专门形
成了一个犹太旧货市场，即公平路以东、唐山路以南、长治路以北、
海门路以西这么一小块的地方。那时，这块地方是一片荒地（原来
的房屋在"八一三"时被日本人炸毁了）。犹太人就在那儿摆旧货
摊，卖家里的"生材"（日用品），比如酒杯、盘子、肥皂、装饰品……
除了家具什么都卖。当时犹太人主要集中在提篮桥地区，霍山路、
舟山路是中心，朝东到杨浦区的荆州路附近，朝南到杨树浦路，朝
北到唐山路附近，朝西到高阳路。记得周围有不少犹太难民所，长

舟山路上的维也纳咖啡馆

阳路300号有一个，东余杭路也有，无家可归的犹太人可以在这里
得到生活救济。

　　当年，虹口的舟山路一带有一排中国人开的小店，但每天晚上
7点以后，这里就成了犹太人的"市面"，周围的犹太人把这里作为
他们的一个交际的场所，在这里互通信息、分析时局、发泄对纳粹
的不满，甚至互相介绍工作、谈生意等等。乐观坚强的犹太人，在
困境中也没有放弃对精神文化生活的追求。每天一到晚上，舟山
路霍山路一带非常热闹。霍山路百老汇戏院楼上的露天屋顶花园

在虹口罗伊屋顶花园餐厅消夏的人们

上还有音乐演奏,生活安定下来的犹太人晚上大都集聚到这里喝咖啡、聊天、听音乐。总的来说,犹太人比较团结和文明,也很尊重上海当地的习俗和周边的邻居,记忆中从没有过他们与中国人发生争执和争吵。

(黎犁根据当年犹太人的邻居全富荣、张招娣夫妇回忆整理)

六七岁犹太小孩
凄苦街头卖面包

A Young Jewish Boy Sold Bread Desolately on the Street

上海市民杨德成70年前曾与犹太难民为邻。他记得当年每天街角都会有一个卖面包的犹太小男孩，那孤单的身影至今还深深印在他的脑海中。他希望那个卖面包的犹太小男孩能拥有一个幸福的晚年，并希望他能记得中国和上海。

　　Yang Decheng, a Shanghainese, lived in the neighborhood of Jewish refugees 70 years ago. He still remembers that there was a Jewish boy selling bread at the corner of the street, whose lonely figure is still deep in his mind. He hopes that the Jewish boy who sold bread will be happy in his late years and remember China and Shanghai.

《新民晚报》上一则征集"犹太难民在上海的故事"的启事，勾起了我对往事的回忆，那个在冷风嗖嗖的街头卖面包的犹太小男孩的身影再次浮现在眼前。

70年前，我家住在虹口提篮桥地区的岳州路，附近就是犹太难民的集聚地。我家所住的石库门老屋的一墙之隔便是"麦伦中学"(现继光中学的前身)。此处为岳州路、高阳路和海门路的三岔路口，市口好，非常热闹。很多身处困境的犹太难民为了生存，也在这里以各种方式谋生活。记得当时那里有一个小书摊，只要天气好，每天下午都有许多小孩坐在矮矮的长条凳上翻看连环画。每当这个时候，就会出现一个大约六七岁左右的犹太小男孩。只见小小年纪的他身上架着一个木架子，架子上搁着家庭作坊自制的"犹太面包"，为了给这些刚出炉的面包保温，上面还盖着一条薄薄的棉毯。不知是因为处于颠沛流离的生活之中，还是犹太人的性格使然，这个小男孩显得非常腼腆，尽管是卖面包，但却从来不多说话，也不和周围的小朋友们一块儿玩耍。但对每天见面、有点面熟的小朋友，有时会露出一丝善意的微笑。日子久了，常在那里看小人书的中国孩子们就会情不自禁地惦记他，假如有一天他稍来晚了一些，大家心里就会有一种莫名其妙的焦急，怎么今天他还没来呀，不会出了什么事吧？

记得有一天下午，天空突然刮起了大风，街上的行人越来越少，看小人书的孩子们也纷纷散去。一个大点的中国孩子，看到那卖面包的犹太小男孩仍然站在街角不动，就对他指指天，紧了紧身上的衣服，又对他挥了挥手，意思是说天太冷了，让他也早点回家。只见那犹太小男孩指了指身上架子上的面包，摇了摇头，好像是说

舟山路市场熙熙攘攘的人群,这里是虹口隔离区的商业中心

面包还没卖完,他不能回家。就这样,卖面包的犹太小男孩孤零零地伫立于冷风嗖嗖的街头……

不知从哪一天开始,街角上那个卖面包的犹太小男孩不见了,我们想,也许是反法西斯战争胜利了,他们一家也终于结束了难民生活回国了吧? 但他的执着和坚守给了我很深的印象,那善意的微笑和孤单的身影至今还深深地印在我的脑海之中。

后来,美国为了炸毁日本人有意储存在隔离区的军火,在周家嘴路、公平路附近扔下了炸弹,其中一颗不幸误炸到霍山路一带犹太难民的集聚区。当防空警报刚一解除,就见有国际红十字会的人组织上海的黄包车工友,把伤员拉到"麦伦中学"的礼堂里进行抢救。一墙之隔的我把那里的一切看得清清楚楚,那场景真是惨

空袭留下的断垣残壁

不忍睹。有的伤员被烧得漆黑一团，有的被炸得鲜血满面，有的甚至连肠子都流到了肚子外面，一幕幕悲惨的场景吓蒙了幼年的我，当晚就发起了高烧。纳粹德国和日本侵略者给犹太人和中国人民造成的灾难真是罄竹难书！

在纪念世界反法西斯战争和中国人民抗日战争胜利70周年之际，不禁回忆起童年时的点点滴滴，那个曾经在上海街头卖面包的犹太小男孩如今不知生活在世界的哪个地方，不知还记不记得当年我们一起经历过的苦难岁月。但是，无论身在何处，都希望他能拥有一个幸福的晚年，希望他能记住中国，记住上海。

(黎犁根据上海市民杨德成的来信改编)

沈石蒂乱世不苟
摄影师瞬间永恒

Sanzetti the Photographer Left an Eternal Moment in Days of Turbulence

上海是一个很不寻常的城市，充满了变化和喧嚣。这又是个熙熙攘攘的城市。这还是一个有着无数种色彩和无数种气息的城市，又脏乱，又绚丽。所有东西都那么有趣，那么令人称奇。但沈石蒂并没沉溺于浮华世界之中，他只做自己真心想做的事。

Shanghai is an extraordinary city filled with changes and hustle; also it is a city bustling with activity, blending countless colors and atmospheres, and as messy as it is magnificent. All things here are so interesting and surprising. However, Sanzetti was not obsessed with such a flashy world but did what he was really attracted to.

　　1921年，身无分文的俄国犹太人沈石蒂 (Sanzetti) 跳上了一艘从海参崴开往上海的英国船。在这个冒险家的乐园里，沈石蒂完成了从一名擦鞋匠到拥有4家照相馆、41名雇员的摄影大师的华丽转身。在上海的30多年里，他拍摄了2万多张照片，包括墨索里尼时期意大利驻上海的公使、教皇在当地的代表、印度的王公、宋子文的母亲……沈石蒂和他的这些油画般唯美的照片，共同成为了20世纪初上海这座东方大都市的传奇。

　　2013年1月31日，以色列领事馆推出、上海书画出版社出版的《瞬间永恒——沈石蒂摄上海华洋人物旧影》首发式暨老照片

沈石蒂夫妇

研讨会在沈石蒂照相馆旧址南京东路171号美伦大楼举行。《旧影》一书集结了700余幅照片。沈石蒂现存的照片中,外国人占55%,中国人占45%,其中尤以女性为多,镜头下的人物因为摄影师的柔和用光,无论身为普通市民、高级白领、电影明星还是政府官员,都显现出人性中难得的高贵光辉,大概是摄影师在战乱时期寄托的一种对未来生活的向往,同时也是优雅、体面、自尊的上海精神写照。

沈石蒂原名Shlomo Liphitz-Sanzetti,学习中文后按照姓氏的谐音给自己取名"沈石蒂"。1902年,沈石蒂出生于克里米亚半岛。1921年5月,沈石蒂坐船抵达上海,两手空空,身无所长。他在1950年代的自述中写道:"1917年'十月革命'后,我到中东铁路工作,曾在齐齐哈尔站和海拉尔站做车床操作工。1919年,中东铁路发生了罢工,我和父母一起去了布拉戈维申斯克,那里刚刚被红色的革命力量占领。我和一些人决定帮助一家金属厂恢复生产,我负责去符拉迪沃斯托克取得一些必要的生产设备。在那里我受到了日本人的阻挠。经历一段时间的躲藏和一个日本人上演的'屠杀夜'之后,我乘坐英国客船逃往上海。"从此,沈石蒂成为"二战"时期"上海方舟"上的一员。

来到上海后,沈石蒂开始学习摄影。1927年,他在当时的南京路73号开设了一家"上海美术照相馆"。他最早的顾客是在上海的外国人,后来名声渐响,中国富豪、社会名流、电影明星上门,照相馆红了起来,最鼎盛时,他在上海有4家照相馆,11间工作室,雇用了31个职员。

沈石蒂开在南京东路上的照相馆

　　就在沈石蒂的生意日渐兴旺时,由于德国排犹和第二次世界大战的爆发,大批欧洲犹太难民辗转到上海。为了加强对他们的控制,1943年,日本当局宣布建立"无国籍难民限定居住区",1937年以后从德奥等国来沪的大多数欧洲犹太难民被强迫迁入其中,行动和生活受到极大限制。虽然作为早期移民,沈石蒂没有被强迫去"隔都"居住,但是作为犹太人的一员,俄罗斯犹太人仍然是日本统治当局监视和防范的对象,他本人也因此被日本占领军逮捕关押过。"隔都"之外的沈石蒂拍摄了许许多多这段艰难时期的照片。

　　1955年,沈石蒂关闭了照相馆,在上海的一家英语学校教了两年的摄影学。1957年,带着2万张在上海拍摄的照片,他移民到

以色列特拉维夫,从事广告摄影和纺织品设计工作。1987年6月
29日,沈石蒂在特拉维夫逝世。在生命的最后日子里,他无限留恋
并深情地回忆了他在上海的那段时光。其实直到离开上海十多年
后,他在回忆中依然觉得,"上海是一个很不寻常的城市,充满了变
化和喧嚣。这又是个熙熙攘攘的城市,有骗子,有小偷,有妓女,有
奴隶。这还是一个有着无数种色彩和无数种气息的城市,又脏乱,
又绚丽。所有东西都那么有趣,那么令人称奇。但我并没沉溺于
浮华世界之中,我只做自己真心想做的事。"

能够重新回到上海找到昔日的相识,一直是沈石蒂的愿望。
沈石蒂的继子摩西·迪克勒 (Moshe Deksler) 先生于2009年11月
将沈石蒂生前的部分摄影作品捐赠给了犹太难民纪念馆,想以这
样的方式完成继父的愿望。2011年11月,以色列驻沪总领事馆在
其网站上公布了"沈石蒂"照相馆的部分老照片,引起了轰动,赞
美纷至沓来,并通过微博寻人等方式寻找到了部分照片的主人。

20世纪50年代中期,沈石蒂拍照的收费还比其他相馆要贵一
些。照片中的陈立善,当时25岁刚刚从纺织大学毕业,如今,他和
妻子曹莉贞都已年逾八旬。陈立善回忆,在当时的知识青年眼中,
沈石蒂身上所透出的艺术气息令人向往,也与当时山雨欲来风满
楼的社会氛围有些格格不入。时隔不久,陈立善和曹莉贞去拍结
婚照,沈石蒂却已移居以色列。而其他照相馆拍的结婚照,亦不复
沈石蒂拍出的感觉,"他们拍得要么黑白分明,要么色彩过于鲜艳。
沈石蒂拍得有回味,上色技术有油画画出来的色彩感觉,艺术气息
浓重。"

沈石蒂在上海的30多年里，拍摄了2万多张照片，记录了20世纪初上海
这座东方大都市的传奇

沈石蒂与黄包车夫

沈石蒂拍摄的照片中，还有曾任大生纺织公司董事长的陈琛。其孙辈陈心霖说，对于这张照片，自己实在太过熟悉了，虽然从来没有见过这张照片的原始模样，但他小时候，天天抬头便望见依照这张照片所绘的油画肖像挂在愚园路上的私宅客厅内，直至"文革"不知所终。这幅油画肖像，也正是出自沈石蒂亲笔。而那么多年过去，关于这位

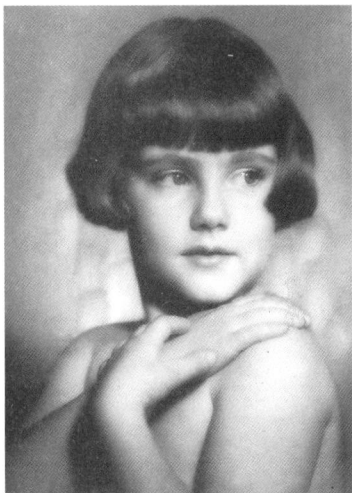

沈石蒂人像摄影作品

祖辈、清末状元张謇的义弟兼弟子陈琛的影像大都已在历经的多次政治动荡中散佚，而对这张由一位外国摄影师保存完好的肖像照片，不禁令留在中国这片土地上的晚辈感慨万千。

沈石蒂摄影作品

沈石蒂摄影集在上海出版

在复旦大学教授顾铮看来，沈石蒂的作品无疑是1930年代西方商业摄影在上海的一个缩影，此中可以看见现代主义美学原则的运用，也可以体味到当时代表上海本土流行文化的月份牌美学进入商业摄影视野的一个典例。更难能可贵的是，世事艰难，可照片中的人物流露出的不是安详、快乐的神情，就是对未来的向往和对生活的期盼，充满了撼人的力量。他们当中，也许就有欧洲犹太难民。

(李惟玮执笔)

佐拉赫艰辛奔波
救同胞避难上海

Zorach Strived through Hardships to Help Compatriots Take Refuge in Shanghai

在德国法西斯迫害下，欧洲犹太人四处逃难，部分滞留在立陶宛和日本的犹太难民处境危险。作为驻上海犹太办事处负责人的佐拉赫·瓦尔哈夫蒂格，想方设法为这批难民获得中国入境许可，同时为他们四处张罗抵沪后的暂居之地，谱写了一曲犹太民族自强自救之歌。

European Jews were forced to flee everywhere under the prosecution of German Fascism. Some Jewish refugees who were stranded in Lithuania and Japan were in a dangerous situation. Zorach Warhaftig, Head of the Jewish Office based in Shanghai, tried every means to obtain entry permits for these refugees and helped them with their settlements after arriving in Shanghai, composing a story of the Jewish people's self-independence and self-rescue.

　　佐拉赫·瓦尔哈夫蒂格，是1930年代波兰宗教犹太复国运动的领导人之一，1939年与波兰犹太经学院师生一起逃到立陶宛，后经苏联到达日本，1941年以犹太办事处代表身份来到上海，救助滞留立陶宛和日本的犹太难民来沪。他后来经北美前往以色列，成为以色列全国宗教党领导人，1962年至1974年任以色列宗教部长。

佐拉赫·瓦尔哈夫蒂格，曾于1941年来到上海，为使滞留立陶宛和日本的波兰犹太人进入上海做了大量工作

1941年3月7日，初到上海不久的佐拉赫·瓦尔哈夫蒂格看到上海正处在太平洋战争爆发前夜，日本占领军气焰嚣张，在沪犹太难民处境困难。他在给妻子的明信片上这样写道："上海是个令人感到压抑的地方，想起我们打算把难民带到这个城市，我的内心就充满不安。"

可是，当时的上海对于犹太人来说，就像一个大难临头前的避风港，因为赴上海无需入境签证，只要拿到管理当局的许可证即可。

特别是1941年初，战争使形势进一步恶化，不少国家迫于纳粹德国淫威，纷纷对犹太人关上大门，在上海的一些来自奥地利、德国的犹太难民转赴他国愿望落空，只能滞留在沪。作为犹太办事处代表的佐拉赫，此刻正在为营救成千上万的波兰犹太难民来沪绞尽脑汁，因为这些难民还被困在立陶宛和日本，度日如年。

佐拉赫抵沪后，受到在沪犹太人社团和各国犹太人救济委员会的热情欢迎。佐拉赫应邀对德国犹太难民发表演说，介绍波兰犹太人的悲惨处境以及离境时的艰难遭遇，他的发言打动了德国犹太难民，德国犹太人的同情心也让佐拉赫体会到了犹太教的一句格言："全体以色列人都是同志。"

佐拉赫与日本当局负责犹太难民事务的犬冢先生和负责治安事务的小拔上尉进行了多次会谈，谈判主要围绕两个问题：一是要求让滞留在立陶宛的难民进入上海，二是将滞留在神户的难民接来上海临时居住。但是，这些要求都遭到了日本当局的拒绝。

上海的日租界大门对犹太难民是关闭的,法租界停发迁入证也已经很久了,只能依靠公共租界来签发签证,佐拉赫需要拿到一大批入境许可证,才好让难民们进入上海。

以犹太办事处的特派代表名义,佐拉赫请求上海工部局,希望对方能按办事处提供的名单颁发进入上海的许可证,使波兰犹太难民可以经由上海转赴以色列。犹太办事处将负责这些难民在沪的生活起居开支,直到他们到达以色列。

为此,佐拉赫积极展开工作,与各国领事进行会谈。在领事委员会的全体会议上,佐拉赫意识到这是一个争取支持的大好时机。他以一个难民的身份要求在会上发言,用并不流畅的英语声情并茂地描述了波兰被占领后犹太人所面临的灾难。说到动情之处,佐拉赫泣不成声,会场顿时寂静,领事们都被深深打动。终于,他们允诺发放300个波兰公民的上海许可证,并且,难民们滞留上海的生活费和路费都将由巴勒斯坦犹太办事处承担,佐拉赫成功了。

会后,佐拉赫和同事们立即准备好了3份名单,每份100个名字。这可是一份给绝望同胞生命再生的"生死名单",意义十分重大。编制人员名单也并不是件容易的事,申请避难的人数庞大。佐拉赫在极大的工作压力下,不得不尽快梳理各种情况并作出决定,整个过程必须争分夺秒,因为任何拖延都可能使难民们丧失最后逃离的机会。经苏联国际旅行社,这批许可证最终被辗转送到了难民的手中。

同时,佐拉赫上海使命的第二个目标,是安置那些到了日

著名的米尔经学院的师生们奇迹般地逃脱大屠杀的魔爪，从欧洲来到上海。师生们在上海阿哈龙会堂内继续学习

本但又无法留下的犹太难民。当务之急是适当地转移他们，以防日本当局向他们发难。佐拉赫需要决定如何接收和救济波兰难民，是向他们提供单独的住所，还是安排他们住进德国犹太难民区。

援欧来华犹太难民委员会倾向于后者，但也有意见认为基于一些重要的法律和社会因素，应该将波兰难民单独安置。为此，佐拉赫支持阿兹肯那齐犹太人社团成立了一个特别组织"援助东欧犹太难民委员会"，直接处理接收波兰难民事务。

根据紧迫的形势，佐拉赫与同事给美犹联合救济委员会发去电报，指出："据日本当局要求，转移持无目的地签证的滞日难民同胞是不可避免，由于法律、技术及宗教上的原因，将他们安置在

志愿人员开车把难民送到接待中心

虹口日租界也是不可能的。今天我们成立了一个援助波兰—立陶宛难民委员会，为1000名难民租用住房，请立即电汇必要的转移费用。"

在多方斡旋下，美犹联合救济委员会最终接受了佐拉赫的主张，批准了特别委员会处理波兰难民问题的做法。佐拉赫亲自着手挑选可用来安置日本来沪同胞的租赁房屋，为接收这批滞日波兰难民做出了特别的安排。

在完成了这些艰苦卓绝并且意义重大的项目后，佐拉赫写信给妻子，总结了在上海的工作："我们提交了300个上海许可证的名单，并且成立了一个工作卓有成效的委员会，得到了美犹联合

大批行李堆积在收容所外

救济委员会的承认,并拨款3500美元给我们作为第一笔住房租金。这就能够拯救几百个同胞家庭,就说明我和你没有白白地长时期分离……"

(汝乃尔执笔)

德国拳王施计谋
犹太孩童躲劫难

German Boxing Champion Made Attempts to Help Jewish Children Survive

德国曾经的世界重量级拳王马克斯·施梅林虽背负着"恶名",被不公正地与德国纳粹紧紧联系在一起,但他是一位充满人道主义精神的英雄,"碎玻璃之夜"之后拯救了两位无辜的犹太男孩。施梅林带着他们从他的套间中逃离……

　　Max Schmeling, the former world's heavyweight champion boxer was unfairly associated with Nazi German closely and forced to bear a "notorious name", but he was a hero full of humanitarian spirit. He saved two innocent Jewish boys after the "Crystal Night". Schmeling took them to escape with him from the situation.

　　1989年，两位曾经获得"旧金山年度男性奖"的上海犹太难童
沃纳和亨利，讲述了德国拳王如何拯救犹太男孩的亲历往事。

　　马克斯·施梅林曾是德国最耀眼的体育偶像，是迄今为止德国
唯一一位世界重量级拳王。他当时被不公正地与德国纳粹紧紧联
系在一起，甚至当时在美国，他还被认为是一个恶人。然而看完这
则故事后，你会发现这位拳击手是一位充满人道主义精神的英雄，
在德国纳粹迫害犹太人的"碎玻璃之夜"之后，拯救了一些无辜的
犹太人。

"碎玻璃之夜"事件标志着纳粹开始对犹太人有组织的屠杀

马克斯·施梅林，1905年9月28日生于德国勃兰登堡一个小镇上的贫民家庭，拳击职业生涯为1924年到1948年。童年时期的施梅林因为一部电影而深深爱上了拳击。1928年，他到达当时的拳击之都——纽约，1930年施梅林在纽约击败了杰克·夏基后，成为德国以及整个欧洲历史上第一位重量级拳击冠军，并在以后的拳击比赛中取得一系列的辉煌成绩。在施梅林拳击生涯的70场职业比赛中，他取得了56胜10负4平，其中37次击倒对手的战绩。纵观其整个职业生涯，最让拳迷难以忘怀的当数他与褐色轰炸机乔·路易斯的两回合战斗，分别在1936年和1938年。

施梅林还是希特勒宣传雅利安人种优势论的宣传利器，然而他坚定不渝地拒绝了加入纳粹党的邀请，同时也拒绝了纳粹要求他解雇他的犹太经纪人的命令。他是一个正直的人，敢于对抗纳粹和宣扬种族政策的德意志第三帝国，他的行为证明了他是一个正直勇敢、充满人性关怀的人。

大量犹太人在"碎玻璃之夜"后从欧洲逃离到上海。在近3万难民中，有两个男孩——沃纳和亨利的经历可以被载入"二战"的史册。他们在少年时代，在施梅林的帮助下，躲过了1938年的大迫害。

1938年，"碎玻璃之夜"爆发，在纳粹走上街破坏犹太人资产、焚烧犹太教堂、袭击无辜的犹太市民的时候，施梅林答应了一个犹太朋友的请求，将这位朋友的两个孩子收留在自己的旅馆套间内。

"碎玻璃之夜"中遭到破坏和洗劫的犹太商店

"碎玻璃之夜"事件后,大约有10000个孩子被迫离开父母和家庭

大屠杀之前,亨利和沃纳在德国所摄

趁着"碎玻璃之夜"后局势趋于缓和,施梅林带着15岁的沃纳和14岁的亨利从他的套间逃离,先护送他们到他自己在另一个城镇的房子里,随后再护送他们到自己父母的公寓。在那之后没多久,这两个孩子便和父母一起逃亡到了一个安全的天堂——中国上海,后来他们在上海与将近1.6万犹太难民一起被日本人封锁在上海隔都之中。

战后的1947年,20岁出头的男孩们离开了上海,带着少得可怜的资金定居在了洛杉矶。他们很快融入了新生活,并在著名的费拉蒙酒店开始了最底层的工作。不久之后,他们就被提拔到高层,并加入了希尔顿酒店集团的管理部门,成为首席高管。

1968年,在"碎玻璃之夜"30周年纪念日上,"希望之城"授予当年的两个男孩"旧金山年度男性奖"。在1989年拉斯维加斯一场纪念施梅林的晚宴上,两兄弟中的弟弟亨利对公众讲述了他的"碎玻璃之夜"的故事。亨利当时哭泣着说,他并不想得到这样的"荣耀"。"马克斯是个品格高尚的人",亨利说。如果纳粹当时发现他藏匿了我们,他们会枪决他。"如果我是1938年在德国的施梅林,我都做不出这样的壮举。"

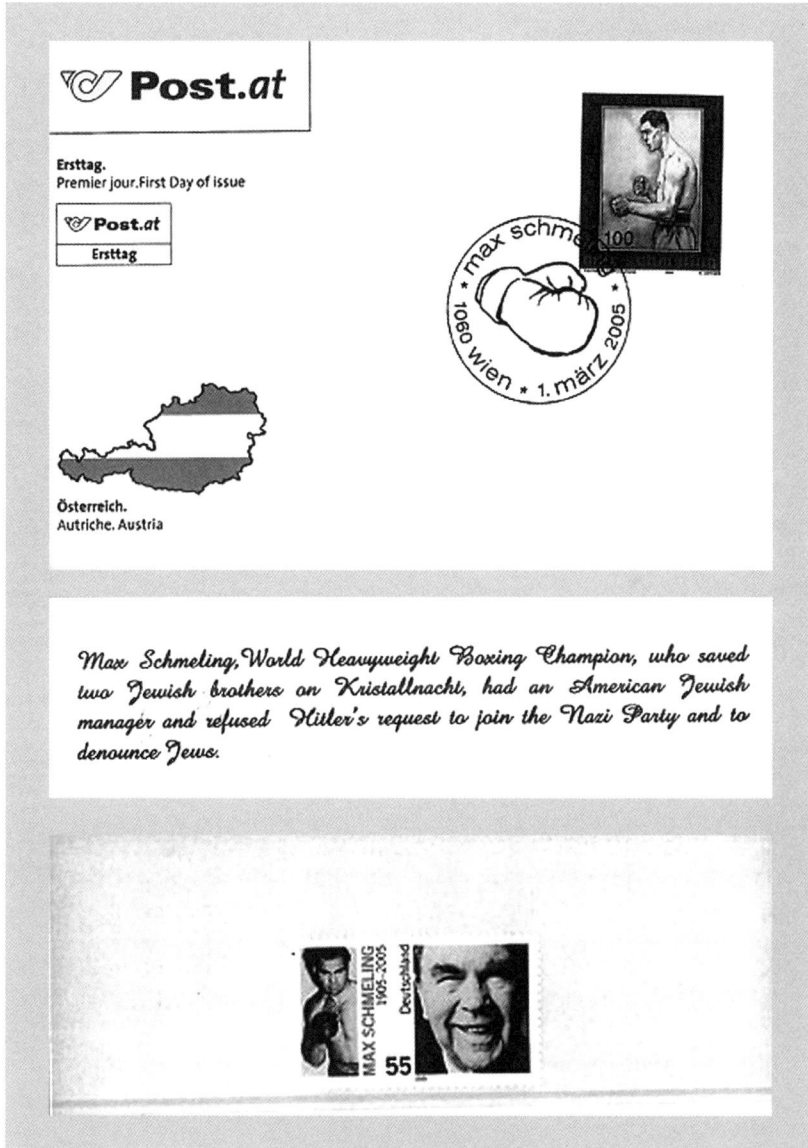

最上方是奥地利发行的马克斯·施梅林纪念邮票,下方是德国发行的纪念马克斯·施梅林100周年诞辰的纪念邮票。中间文字是:马克斯·施梅林,世界重量级拳击冠军,他在"碎玻璃之夜"拯救了两个犹太兄弟的性命;他坚定不渝地拒绝了加入纳粹党的邀请,同时也拒绝了纳粹要求他解雇他的犹太经理人的命令

一家以色列联合报用德文发行的主题为"被焚毁的两座犹太人教堂，纪念碎玻璃之夜"的邮票。最左边的照片是"碎玻璃之夜"后报纸的封面照片

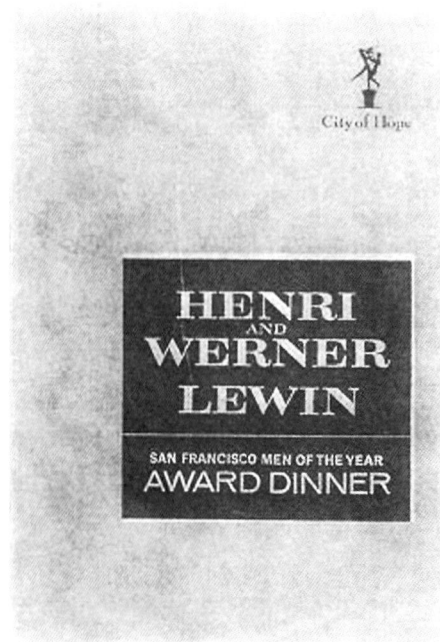

亨利和沃纳被授予"旧金山年度男性奖"的文件

　　70年前，兄弟二人还和他们父母以及数百犹太难民一起航行在去上海的公海上；70年后的2008年4月，80多岁的沃纳再次与一些在1938年左右逃离纳粹的犹太人一起航行在公海上，只是这一次是在加勒比海上庆祝"逃亡到上海"70周年，是愉快的重聚。

（李惟玮执笔）

莱卡老板担风险
犹太员工离魔窟

The Leica Boss Took the Risk to Help the Jewish Employees Escape from the Den of Monsters

当时，莱卡公司帮助大量犹太员工想要逃离德国，公司借口需要大力拓展海外市场，秘密地建立了"莱卡自由火车"。不断选派公司员工到海外工作，建起了一条帮助犹太人离开德国的隐蔽渠道。

At that time, the Leica company helped a great number of Jewish employees who attempted an escape from Germany by building on the sly the "Leica Freedom Train", through which the company constantly dispatched the people in its employ to work overseas with the ostensible reason that it badly needed to expand the foreign markets but in fact to carve out a secret path for the Jews to flee Germany.

安德烈亚斯·海因修斯 (Andreas Heinsius)，一个在上海虹口度过少年时光的犹太难民。1953年，他的父亲，在德尽职的美国军人买了一台莱卡相机作为生日礼物。没想到，50多年后，安德烈亚斯成为莱卡的新闻人物，因为莱卡公司揭露了尘封70多年的救助犹太难民的隐秘行动。

在20世纪30年代末期，安德烈亚斯的父母挖空心思寻找办法从德国纳粹的迫害中逃脱，哪怕一度彼此分离，也要脱离虎口。

其时，莱卡的大量犹太员工想要逃离虎口。然而在当时，绝大多数国家都紧闭国门，希望犹太人移民到世界上其他任何地方去，而不要到自己的国家来。

莱卡公司为了帮助他的犹太工人和同事们，相机的设计师和制造商Ernst Leitz与在国外的高管秘密地建立了"莱卡自由火车"。借口公司需要大力拓展海外市场，不断选派公司员工到海外工作，实则是建起了一条帮助犹太人离开德国的隐蔽渠道。

为了让更多的犹太同事逃脱魔窟，奔向自由，"莱卡自由火车"在极其秘密的情况下不断提速运行，在1938年和1939年初，"莱卡自由火车"迎来了高峰期，每隔几个星期，就会送成群的难民前往公司在纽约曼哈顿的办公室，并把他们安置在摄影行业中就业。

耐人寻味的是，这项壮举一直无人知晓。有作家称，这个故事曾经在一家摄影出版社的《读者文摘》中提及，但遗憾的是，Leitz公司不同意发表。理由是如果参与了该项目的人还活着，他们就有可能会受到迫害。

安德烈亚斯·海因修斯与莱卡相机

终于，到了1987年，可能是一直支持和参与莱卡公司这一壮举的最后一个人已经过世了，此后关于"莱卡自由火车"的文章才开始出现在各种摄影编年册上。

作为见证，安德烈亚斯与他的父母和外祖母在1930年代末逃离纳粹德国，辗转来到上海，在上海虹口隔离区度过了战争岁月。他的妹妹布兰达就是他们到达上海后出生的。

战争结束后，安德烈亚斯随父母全家移民到了美国，在加利福尼亚州的南部，安德烈亚斯的父亲建立了自己的工作车间，与他的妻子一起生产灯罩谋生。

（黄媛执笔）

难民饥饿穷困
劳拉艰辛行善

Laura Raised Money in Hardships to Help Those in Hunger and Poverty

被德国法西斯洗劫一空的犹太难民麕居上海，度日如年。犹太民族团结自救的优良禀赋此刻发挥了巨大力量。本文讲述了美国犹太人联合救济委员会时驻上海代表克服重重困难，四处奔走筹款，向处在困境中的犹太人雪中送炭，实现他"不让一个欧洲犹太人在上海街头要饭"的理想。

When the Jewish refugees lived in Shanghai as a compact community with every day seeming like a year after they were robbed of everything by Nazi German, they gave full play of their fine nature endowment to unite and rescue themselves. This article tells the story that she then representative of the Jewish Joint Distribution Committee of the US based in Shanghai, tried to raise money from Pillar to Post to provide timely help to those Jewish people in trouble so as to realize her ideal that "Do not have any of the Jewish Europeans beg on Shanghai's street".

劳拉·马戈利斯是美国犹太人联合救济委员会当时派驻上海的代表，1943年2月被作为敌国侨民监禁，后被遣返美国，战后返回上海。美国犹太人联合救济委员会简称JDC，是美国犹太人成立的专门救助世界各地穷困犹太人或者难民的慈善组织，经费来自世界各地，特别是美国犹太人的资助。劳拉为JDC总部写有报告《在中国上海活动情况报告1941.12.8—1943.9》。

1941年12月8日，珍珠港事件爆发，战事升级，犹太人在上海的生活变得更为艰难。

劳拉随即接到美犹联合救济委员会发来的电报，被授权筹措相当于6个月拨款的借款，约18万美元。她与负责犹太人事务的日本海军陆战队犬冢大佐展开斡旋，年底，犬冢终于同意解冻了3

援助欧洲来沪犹太难民委员会 (CFA) 主席米歇尔·斯皮尔曼

万元储备券,附加条件是劳拉及同事曼奴埃尔·西格尔要负责解散援欧来沪犹难委员会。这笔储蓄券仅够1月份用上6天。

从此,劳拉走上了一条漫长且艰难的筹款之路。与此同时,虹口难民的恐慌与日俱增,不安的情绪一直在蔓延。

在召集犹太富豪帮助美犹联合救济委员会筹集资金失败后,难民们组织的"紧急行动"取得了一些成效,部分较富有的难民在一周之内筹募到了3万元储备券,但这也只是杯水车薪。

尽管费了很大力气,以美犹联合救济委员会的名义四处商借救济款,贷款仍遥遥无期。劳拉意识到,如果不能筹到一定数额的钱款以维持数月,这个救济组织就不得不关门大吉,将整个犹太难

上海援助欧洲难民委员会(CFA)的领导层

民食物救济移交给日本人。而日本人则清楚地表明了态度,他们不能再对犹太人问题做出更多努力了,因为上海到处都是饥饿穷困的俄国人和中国人。

面对囊空如洗的窘境,劳拉明白必须让人们从冷漠的状态中惊醒过来。1月16日,他们接受了《上海时报》的采访。在这之前他们一直避免向报界披露救济犹太难民的内情,因为日本人不赞成对此进行宣传,而现在只有冒险一试了。

1月18日,报上出现的大幅新闻标题让宪兵队大为震怒,甚至下达了逮捕令,后来全靠以同情犹太人而闻名的宪兵队翻译上野夫人出面,才撤销了逮捕令。

电台也转播了有关难民情况的报道,并呼吁犹太社团及社会各界捐款。预期的反应产生了,钱款开始涓涓滴滴地流入。同时,在上海大通银行董事舒马赫的帮助下,劳拉又从一位大通银行的主顾、德国犹太人考夫曼先生那里筹集到了1万美元的钱款。

阿兹肯纳齐社团也任命了一个财金委员会,为美犹联合救济委员会筹款。在他们的帮助下,劳拉结识了巨富犹太人J·施里罗先生,她急于将财产在被日本人没收之前转移到美国。由于对资金的需求已经到了迫不及待的地步,劳拉不得不在利率上做了很大让步,终于借到了13.8万美元。

到了1942年4月末,18万美元的贷款已经有了保证,这笔钱足够维持8个月。然而,5月21日美犹联合救济委员会从南美洲发来一封电报给劳拉带来了沉重的打击,电报通知停止一切联系。

劳拉明白,上海犹太人的生死只能依靠自己了。

　　紧接着改组援助来华犹太难民委员会、精简医院开支,以及来自中立国相当于977716元中央储蓄券的瑞士法郎,对劳拉来讲稍微缓解了困难局面。

　　7月,劳拉正式提出辞呈。与此同时,她从可靠的消息来源听说了日本人正在针对犹太难民策划一场可怕的"沉船计划"。计划的曝光和消息的泄露,使得日本宪兵首脑勃然大怒,犹太难民也由此躲过了一劫。

　　风声越来越紧,劳拉随时面临着马上被遣返回国的前景。1942年秋,为了补充日趋枯竭的救济资金,劳拉继续以极低的利率,从J·施里罗先生那里借到了相当于10万瑞士法郎的储备券。然而日本人开始拘留敌国侨民的步伐紧随其后,12月,施里罗先生也被拘留,这意味着救济金的一条重要资金来源就此断裂了。

　　随着同事的相继被捕,形势愈加吃紧,趁着还是自由之身,劳拉继续四处筹款,借到了相当于40.5万瑞士法郎的储备券。

　　1943年2月,日本当局宣布了"隔离犹太难民"的计划,这也是日本在沪各派势力达成妥协的结果。难民们不得不面对这又一个难关。主管搬迁事务的日本官员久保田允许上海美犹联合救济会如同以前一样,以总部的名义贷款。

　　1943年2月25日,劳拉被拘留。在她被遣返离沪之后,留守的美犹联合救济委员会继续在上海开展工作,他们冒着巨大的危险,忠于职守。

　　1945年8月15日,战争终于结束,这些历尽劫难的人们冲破长夜迎来了曙光。美犹联合救济委员会在救助上海犹太难民中继续

美犹联合救济委员会 (JDC) 上海办事处旧址

1934年赛法迪犹太人出资建造的犹太圣裔社医院，1942年发展为上海犹太医院（今汾阳路五官科医院病房）

发挥了重要的作用，他们是上海犹太难民的希望。

　　劳拉被再次召回上海，继续向难民们伸出援手，积极援助那些准备离开上海的难民。在写给美国犹太人联合救济委员会的报告中，劳拉真诚地觉得，为了拯救尽可能多的难民，她和同事已经做了一切能做的工作。

　　　　　　　　　　　　　　　　　　　　　（汝乃尔执笔）

犹太难民伊马斯
他将根留在中国

Jewish Refugee Imas Rooted in China

列伊·伊马斯历尽艰险逃离奥斯威辛集中营,辗转西伯利亚,于在1939年冬天到达上海。他从苦力做起,最后经商致富。他与他的中国保姆结为夫妻,并生下儿子和女儿沙拉·伊马斯。1962年4月26日,列伊·伊马斯离世并安葬于上海。他的女儿沙拉·伊马斯最后成长为一名成功的企业家和社会知名人士。

Leiwi Imas escaped from Auschwitz concentration camp through hardships and perils and arrived in Shanghai in the winter of 1939 after wandering in Siberia. He started from a coolie and later made a fortune by doing business. He married his Chinese nanny and had a son and a daughter—Sara Imas. Leiwi Imas passed away on April 26, 1962 and was buried in Shanghai. His daughter became a successful entrepreneur and renowned public figure.

　　腿上的伤口还在滴血，鲜红的血滴在洁白的雪地上分外显眼，又累又饿的他实在爬不动了。扒开厚厚的积雪，呵，上帝，积雪下居然还有着一棵残剩的萝卜。吞下了这救命的萝卜，他拖着受伤的腿继续在雪地上爬了起来，心中只有一个信念，离开魔窟，越快越好。

　　这是1938年严寒的冬季。"碎玻璃之夜"事件发生后，大批犹太人被押往奥斯威辛集中营进行奴役和屠杀，列伊·伊马斯也未能幸免。出生于1885年12月13日的列伊·伊马斯是德国籍犹太人，老家在德国汉堡，父母及许多留在德国的亲人都被纳粹法西斯杀害了，他则幸运地从集中营中逃了出来，辗转苏联的西伯利亚，历经磨难的他终于在1939年冬到达了上海。

列伊·伊马斯（中）与女儿沙拉（右，7岁）、儿子伊斯加（左，10岁）

日寇铁蹄下的上海早就满目疮痍,虹口提篮桥地区一下子集聚了许多来自欧洲各国的犹太难民,找工作自然是难上加难。但这一切难不倒老伊马斯。一贫如洗、两手空空的他凭着世代经商的经济头脑和犹太民族吃苦耐劳的性格,从拉老虎塌车的苦力干起,先后卖过酒、卖过地毯、开过小酒吧,到最后居然买了10辆大卡车专业搞起了运输。他从外虹桥码头的外国轮船上把面粉拉下来,卖给面粉公司、面包房,赚到了到上海后的第一桶金。生活逐渐富裕起来的老伊马斯渴望过上安定的家庭生活,决定在上海这块给了他庇佑的土地上扎根,并与来自江苏高邮的年轻保姆夏桂英结为夫妻。1947年,他们的第一个孩子伊斯加·伊马斯出生,1950年,65岁的老伊马斯又有了一个宝贝女儿沙拉·伊马斯。老来得子的列伊·伊马斯对两个孩子十分宠爱,精通德语、希伯来语、俄语和英语的他十分注重教育,专门请了私人老师上门教孩子们学习。为了两个年幼的孩子,列伊·伊马斯没有像大多数来上海避难的犹太人一样,在"二战"结束后纷纷离去,而是选择继续留在上海。作为一名犹太复国主义者,他奔波在上海的犹太人中间募集到10多万美元,全都寄给了新建立的以色列政府。1957年,以色列政府希望他带着儿女移民过去,但老伊马斯考虑到从小患小儿麻痹症的儿子可能无法适应中东地区的生活,而没有成行。1960年,列伊·伊马斯病倒了,虽经上海犹太救济中心的全力照顾和抢救,还是不幸于1962年4月26日离开了人世。

生命垂危之时,他的宝贝女儿沙拉·伊马斯伏在床边轻轻地

犹太人开的商铺。"二战"时期为躲避纳粹的残杀而逃亡到中国的数万犹太难民大多选择居留在上海,战争结束后他们许多人选择留下来

年轻时的沙拉·伊马斯

为他唱起了《伏尔加船夫曲》，动人而熟悉的旋律拨动了他思乡的心弦，曾在苏联生活过的老伊马斯回忆起被迫流亡中国的点点滴滴，禁不住泪流满面。他握着女儿的手嘱咐道："是上海庇佑了我们，你一定要善待周围的人，要忍让、要宽容，要感恩。"在女儿凄凉的哭声中，享年77岁的列伊·伊马斯安息于上海青浦吉安公墓的犹太人墓地。

作为"二战"时期数万犹太人在上海避难这段历史的见证人，列伊·伊马斯先生走了，但他把他的根留在了上海。虽然由于历史的原因，他的一双儿女也经历了种种磨难，但在国际犹太人救济中心和中国政府的人道主义照顾下,经过自身的奋斗和努力,都过上了安宁的生活。他的宝贝女儿沙拉·伊马斯曾移民以色列,并受到以色列前总理拉宾的接见,凭着自身的吃苦耐劳和坚忍不拔,沙拉担任过世界著名的罗斯蒂兄弟钻石有限公司驻中国地区的首席代表,成为了虹口区政协委员,并且有了三位非常出色的儿女。

(黎犁根据有关资料及沙拉·伊马斯口述整理)

天亮前惨遭空袭
霎时间血肉横飞

Raid Before Dawn Caused Appalling Bloodshed

所有在上海生活过的犹太难民们不会忘记在虹口遭遇的严重空袭。那是战争快要结束的时候，250人丧生，500多人受伤。

　　一个小男孩画了一幅图画，是一名在站岗的日本哨兵，手中怀揣着上膛的枪。这是胜利之前最黑暗的日子。

All Jewish refugees who had lived in Shanghai would never forget the terrible air attack that Hongkou District had suffered. The attack happened when the war was close to an end, which caused 250 people dead and over 500 injured.

A little boy drew a picture in which a Japanese guard was standing with a loaded gun in his hand. This was the darkest days before the victory came.

　　所有在上海生活过的犹太难民们都不会忘记在虹口遭遇的严重空袭。那是战争快要结束的时候,250人丧生,500多人受伤。

　　1945年7月17日,凌晨,25架道格拉斯A-26轰炸机从冲绳携带着数百磅的炸药飞向上海的时候,噩梦就已经到来了。

　　遇害者中有31位犹太难民,外国人保甲所提供的文件证明了这一点,同时还有死亡者的清单。

　　可怕的一天始于清晨,美军A-26轰炸机,从冲绳起飞,飞到上海大约是在中午,这些飞机飞行高度拉得很高,以至于地面的设备无法侦测到它们。上海方面唯一知道的信息就是有轰炸机从冲绳正在一步步逼近上海。那天,有263枚炸弹炸在了虹口隔都之内,当时犹太报纸《我们的生活 (*Our Life*)》报道了这一事件。

1945年7月17日,美军飞机误炸虹口隔离区,造成难民死亡31人,伤250人

FOREIGN PAO CHIA　　　SHANGHAI,　October 1st, 1943.
74-76 CHUSAN ROAD
PHONE 50564

Gerhard Gottschalk Esq.
Chief of Pao W 25
Local

D o c u m e n t .
- - - - - - - - - -

On this day's first Anniversary of the FOREIGN PAO CHIA
we have much pleasure in certifying that you, an officer
of the FOREIGN PAO CHIA Vigilance Corps, have always acted
dutifully according to the regulations and in this way
you participated in maintaining peace and order in Shanghai.

Since the FOREIGN PAO CHIA has been established by order of
the Shanghai Municipal Police you stuck to your duty for
the sake of the public welfare, not taking into consideration
your own interest.

You can be proud of the good service done by you and we
gladly take the opportunity to thank you most heartedly
in the name of the FOREIGN PAO CHIA .

Dr. Felix Kardegg
Officer in charge
FOREIGN PAO CHIA.

Officer i/c Police District.

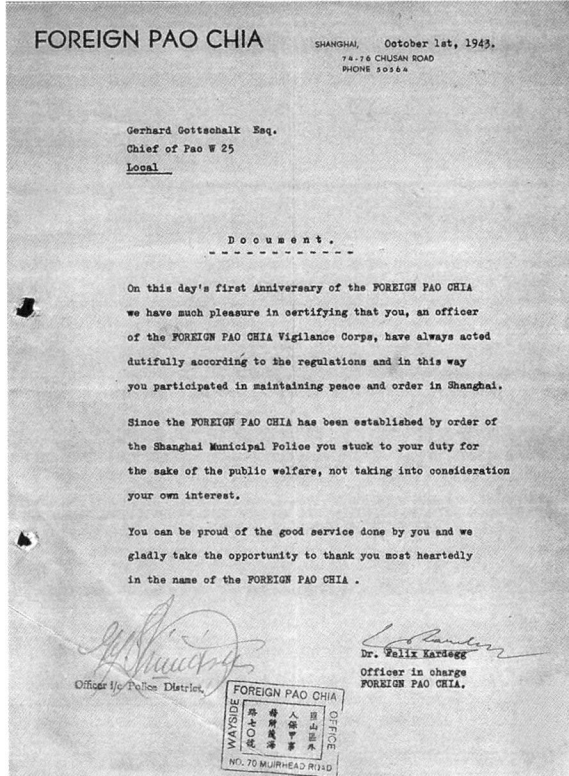

外国人保甲所的信件

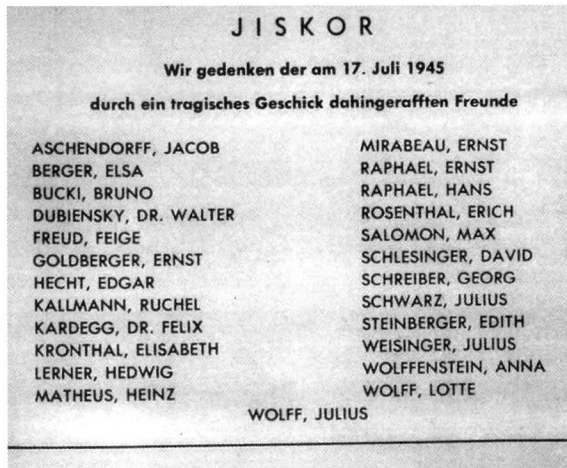

JISKOR

Wir gedenken der am 17. Juli 1945

durch ein tragisches Geschick dahingerafften Freunde

ASCHENDORFF, JACOB　　　　MIRABEAU, ERNST
BERGER, ELSA　　　　　　　RAPHAEL, ERNST
BUCKI, BRUNO　　　　　　　RAPHAEL, HANS
DUBIENSKY, DR. WALTER　　ROSENTHAL, ERICH
FREUD, FEIGE　　　　　　　SALOMON, MAX
GOLDBERGER, ERNST　　　　SCHLESINGER, DAVID
HECHT, EDGAR　　　　　　　SCHREIBER, GEORG
KALLMANN, RUCHEL　　　　　SCHWARZ, JULIUS
KARDEGG, DR. FELIX　　　　STEINBERGER, EDITH
KRONTHAL, ELISABETH　　　WEISINGER, JULIUS
LERNER, HEDWIG　　　　　　WOLFFENSTEIN, ANNA
MATHEUS, HEINZ　　　　　　WOLFF, LOTTE

WOLFF, JULIUS

31位犹太难民死亡名单

Free copy for Designated Area

Shanghai, Friday, July 20, 1945

English Supplement No. 131 ("Our Life" No. 201)

OUR LIFE

EDITORIAL AND
BUSINESS OFFICE:
No. 150, Route des Sœurs
Floor Ant. 2
Telephone 75914

SUBSCRIPTION:
Complete Edition in Russian
and English
CRB $ 30 000.00 monthly
English Supplement only —
CRB $500.00 monthly
Subscription in the
Designated Area — C.R.B. $100.
ADVERTISING RATES
By Application.

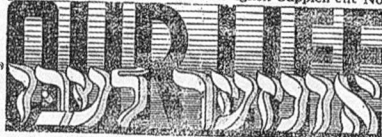

National, Independent Organ of Jewish Thought
Published Every Friday

Shanghai, 20 June 1945

AIR-RAID HORROR

The enemy air-raid of the city on July 18 inflicted great misery upon Jewish refugees in Hongkew. Several bombs dropped in the densely populated Designated Area killed and wounded over 300 people and rendered homeless over 500 families. Loss of property caused by fires and crumbled houses was also considerable, and we are sure that we are voicing the feeling of the entire local Jewish community in expressing deep sympathy for the victims of the bombing. By a strange intricacy of fate those affected were the less secure portion of our community, restricted in their movement, and this fact should certainly accentuate our commiseration both in word and deed to the suffering of our emigrants.

"Our Life's" representative toured the Area shortly after the raid and was an eye-witness to the terrible havoc played by the bombs in the communal houses and lanes inhabited by the refugees. The SACRA House in East Yuhong Road, directly hit, presented a scene of utter destruction with its walls tumbled down in result of the terrific shake. The 416 Tongshan Road lane, where Juedische Gemeinde and a number of other emigrant institutions are located, also sustained great damage, a part of the houses being completely demolished and others partly destroyed by a bomb dropped at about ten yards' distance on an empty lot.

Considerable damage was also inflicted upon other sections of the Designated Area where emigrants were rendered shelterless by bombs falling in close proximity to their houses scattered among Chinese—inhabited lanes and terraces. Particularly badly devastated proved to be the northern section of Kungping road where a whole block of Chinese shops was smashed down and where hundreds of Chinese corpses, some mutilated beyond recognition, were found scattered presenting a horrible sight

The state of the people's morale, as judged some hours after the bombing, was quite satisfactory. Naturally, considering the gravity of the inflicted loss in lives and injuries sustained, there was some panic, but due to excellent work done by the Foreign Pao Chia and the so-called "camp

o. d.", first-aid was administered quickly and this proved instrumental in considerably alleviating the situation. By efficiently rendering help to emigrants and Chinese alike, members of Foreign Pao Chia have certainly proved their worth, and their services cannot be too highly commended

The Ward Road Hospital, where all wounded, including some Chinese were brought over worked on an emergency schedule, all medical forces in town being mobilized to meet the situation. The total number of dead as registered by the end of the day was 23 cases. Over 100 cases, of wounded were attended to by the Hospital, 35 of which were considered grave and kept in Hospital after the first aid.

There were 5 Polish refugees killed and a number of wounded, the rest of the casualties falling upon German refugees. Dr. Felix Kardegg, Head of the Foreign Pao Chia Service in the Wayside Area and former Chairman of the Juedische Gemeinde, was among those killed during the raid. The total casualty list up to the publication of the paper includes 32 persons. Mass funeral of 12 victims of the raid was held on July 19 at the Point Road cemetery, while 5 Polish refugees were buried at the Baikal Road cemetery on the same day. Huge crowds gathered to see the dead on their last way to rest which attested to the deep impression made upon the masses by the ravage of the war.

The following measures for relieving the situation of those rendered homeless by the air-raid were put into effect by the Shanghai "Joint" Distribution Committee with the aid of Kitchen Fund:

1. The S.J.Y.A. School premises were thrown open as a temporary shelter for the victims special passes being not required for proceeding thereto.

2. Each person was allowed three meals a day free from the East Seward Road kitchen.

3. Each sufferer was paid CRB 50.000 for personal equipment as a momentary help pending further relief.

4. All those whose houses have been demolished or damaged will be provided with rooms or helped to conduct the necessary repairs.

I'LL NEVER GO BACK
(Cont. from p. 2)

happier shores, but surely I'll not go back to battered, ruined and miserable Europe!

But don't you think that there are emigrants who would willingly share with Germans the privations imposed by the victors in the war?

"I don't think there are many who think this way and they anyway can belong only to the old generation, old enough to want a rest after the hardships of the last decades. The young generation that is not tied to the Germans by their hearts doesn't feel this way.

— Many emigrants say that they long to go back to see the landscape they love. Don't you feel the same way?

"I have trained my mind not to ask for what I can't get, You can't go to lakes and mountains in China becuse there is war, and people of

Berlin and Vienna can't go to them at present time either. But I better tell you the story of the "Blue Danube". Do you know that the beautiful blue Danube is never blue? At most it is greenish and most often, especially after the rain, it is yellowish-brown like the Whang poo. People, however, say that the Danube is blue only 'for those who are in love. And this applies also to the Whangpoo. Stay one late afternoon at the Garden Bridge when the sun is setting behind the Post Office and the cloudless sky is overhead and you'll see the Whangpoo in beautiful blue.

"We, Jews, spread all over the world, had been always forced to find peace and happiness within ourselves and among our beloved and I feel sure that the worst would be to look for a Jew would be the Germany of today"!

Notice to Readers

Effective from August 1, 1945 "Our Life's" English Supplement will be issued regularly twice a month each first and third Friday.

Subscription in the Designation Area will be $300.00 for August, outside the Designated Area — $500.00.

Subscribers to the Russian edition of "Our Life" will receive the English Supplement FREE on application.

The S'hai Ashkenazi Jewish Communal Association
and
Editors of "Our Life"

express their heartfelt sympathy with the

Polish and German Emigrant Communities

on the Tragic deaths of their members.

5. All those who lost their belongings will receive clothing or clothing allowance

With much satisfaction we also note that Mr. Kubota, Director of the Shanghai Stateless Refugee Bureau, has agreed to the request of the Shanghai "Joint" to issue permits for temporary stay outside the Designated Area to

those refugees who were left homeless but who have friends in other parts of the city, ready to offer them hospitality

Local residents are thus given a chance to demonstrate once again their all-Jewish solidarity by giving temporary shelter to the victims of warfare.

A. G.

犹太报纸《我们的生活》一版报道了空袭事件

在事件发生50多年后的犹太难民相聚中，经历过这起轰炸的犹太孩子们，一说到那场轰炸，依然心有余悸。

露丝·斯佩格 (Ruth Spiegler) 回忆说："我不知道是否有人记得，当轰炸来临的时候，我们正在嘉道理学校内，我们听到轰炸机飞来的声音便赶紧钻到办公桌下躲藏起来。我记得那时候我才10岁，但是那一幕场景至今回忆起来仍好像是昨天发生过的事情一样。我的父亲在轰炸结束后赶紧跑到学校来接我回家，一路上他用手捂住我的眼睛，跟我说'闭上你的眼睛'，他这么做是为了避免让我看到那么多惨不忍睹的尸体和哀嚎的伤员。"

多丽丝·福格尔 (Doris Fogel) 回忆说："每当7月17日来临的时候，我没有一次不想起那场恐怖的轰炸。像露丝·斯佩格一样，我当时也在嘉道理学校，躲在课桌椅下面。多年后，我当上了老师，只要我给初高中孩子们授课，在讲述"二战"时期大屠杀等事件后，我一定会再告诉他们1945年7月17日的轰炸，因为那次轰炸对我的影响实在是太大了！"

"那一天，我们一家四口差点死在一起"，莱拉·鲍曼 (Lea Baumann) 的回忆："轰炸那天我本来应当参加一个嘉道理学校的一个午餐会的，然而由于某些原因，我不想留在学校，于是便提前回了家。那天我父母都在家，连平时中午不回来吃饭的哥哥也正巧回家吃午饭。这一天真的很巧，本来我爸爸和哥哥应该在工作，却变成了一家人在一起吃饭。就在我们吃饭的时候，炸弹突然落下，我们四个人互相拥抱在一起。那一刻感觉全家人都很亲近，心里在想如果要死，我们全家也要死在一起。那一阵真的是漆黑一片，周围的轰炸声不断。我在想，一定是上帝用手掌撑开保护了我们这一家，让我们躲过了这场惨烈的轰炸。

当轰炸结束后，我们走出房屋，发现路上的横尸遍地。我们一家是很幸运的一家，没有在轰炸时候走在室外。那一天是1945年7月17日，一个我永远也不会忘记的日子"。

继珍珠港事件之后，7月17日的轰炸再次让上海所有窗户上都贴上了黑色的封条，一个小男孩画了一幅与当时战局相关的图画，是一名在站岗的日本哨兵，手中怀揣着上膛的枪。这是胜利之前最黑暗的日子。

Refugee children that had no choice but to spent their formative years in the Shanghai ghetto, were not only deprived of a normal and comfortable childhood, but also had to experience living in a war zone. The drawing created by a nine year old boy clearly demonstrates his impression of the physical environment he was living in

小男孩画了一幅与当时战局相关的图画

日本投降后，美军从北面的江湾机场登陆上海

美军是负责中印缅战场的护航任务的

争相与美军合照

　　当日本投降的消息在虹口传遍开来的时候，人们无不喜形于色的。仅几周后，美军就从北面的江湾机场登陆上海，这些美军是负责中印缅战场的护航任务的。

　　美军的到来无不让人欢欣鼓舞，大家争相与美军合照，美军还付给为他们干活的平民很高的工资，足以让战后的难民们过上稍微安逸的生活。

　　大家又有了和平与希望，纷纷欢庆从日本人的监禁之中解放了出来，重新迎来了新的生活。

（黄媛执笔）

上海迎来胜利
恶魔合屋挨揍

Triumph Welcomed in Shanghai, the Evil Force Wailed out Aloud

数万犹太难民在上海期间，掌握他们生死大权的是日本占领当局犹太事务官员合屋。这个身材短小、其貌不扬的家伙，天生对身材高大的西方人有自卑感，他通过手中权力百般刁难、凌辱犹太难民来满足他变态心理。但在日本投降后，他被当事犹太人痛揍一顿，发出阵阵哀号。

Goya, Minister of Jewish Affairs of Japan's Occupying Authority, was the one who decided the life and death of tens of thousands Jewish refugees in Shanghai. This short and ugly man abased himself inherently toward tall western people. He created all sorts of obstacles and insulted the refugees with his rights to meet his distorted psychological need. But after Japan surrendered, he was badly beaten up by the Jewish people concerned and made bursts of whines.

　　数万犹太难民在上海期间，掌握他们生死大权的是日本占领当局犹太事务官员合屋。这个身材短小、其貌不扬的家伙，对身材高大的西方人有自卑感，他通过手中权力百般刁难、凌辱犹太难民来满足他变态心理。日本投降后，他被当事犹太人痛揍一顿，发出阵阵哀号。

　　1943年2月，日本当局发布了要求"无国籍难民"迁移到指定区域的布告，犹太难民被迫搬进了狭小的隔离区。他们自由出入居住区的权利被剥夺，生计也随之陷入困境。日本当局控制着隔离区，在此间谋生的犹太人不可避免地和日本当局管理者发生了大大小小的冲突，一些难民因此而受伤害甚至失踪或者死亡，这在

犹太难民进入虹口隔离区后，须得到特别通行证才能外出。这是犹太难民正在隔离区日本长官合屋（自称"犹太人之王"）处办理特别通行证

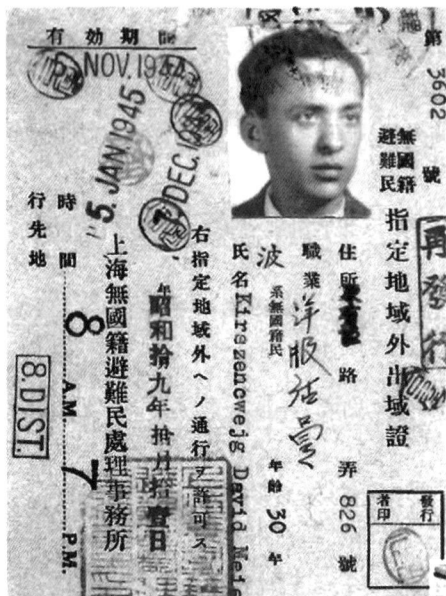

这是一张通行证的正面，上面
写有允许外出的时间，还有合
屋的签章

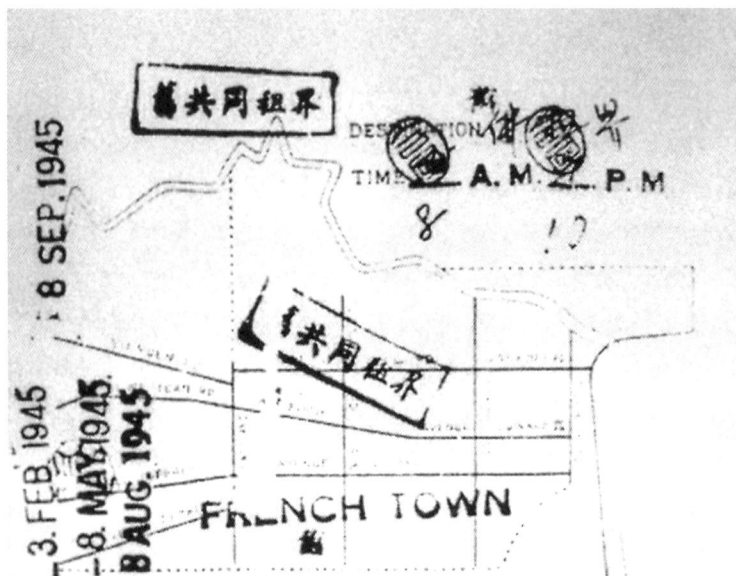

这是另一张通行证的背面，上面的地图划定了通行范围

当时也引起了不小的反响。

在很多犹太难民的回忆录里,不约而同地提到隔离区有一个恶魔般的"疯子",是他们噩梦一般的记忆。这个恶魔叫合屋 (Ghoya),是当时负责给难民发放出入公共租界通行证的日本官员。因为掌握着颁发出入证的大权,合屋狂妄地自诩为"犹太人之王"。他生性残暴、脾气阴险,经常喜怒无常地刁难、打骂犹太难民,而每个住在隔离区的犹太人又不得不与他打交道。

在从德国来沪避难的犹太人弗兰克·塞莱格看来,合屋简直就是一个精神变态。"他至少是个精神病的优秀模仿者",弗兰克的语调里透出犹太人惯有的机智和幽默。

为了找工作,弗兰克需要向合屋申请一张通行证,却毫无理由地在合屋的办公室吃了一顿耳光和辱骂,他的眼镜都被打飞到了屋子的另一头。而这样无稽的谩骂和暴力,并不只有一次。

每次跟合屋打交道,犹太书商布鲁诺都处于一种神经紧张的状态,因为这个身材矮小又残暴成性的日本男人让他不寒而栗。好在合屋对布鲁诺倒不常会主动为难,这也许得益于布鲁诺同样身材不高。尽管如此,布鲁诺依然总梦见自己在集中营被合屋欺压,在半夜惊叫醒来。合屋的张狂外表之下,隐藏着极度的自尊以及自卑。因为身高很矮,合屋一直痛恨比自己长得高的人,成心刁难,逼迫他们在面前跪下,好让自己有"居高临下"之感。

在恰亚年幼时关于难民营的记忆里,每个人都无比害怕这个矮个子男人。恰亚记得有一次父亲到合屋那里去,请求得到通行

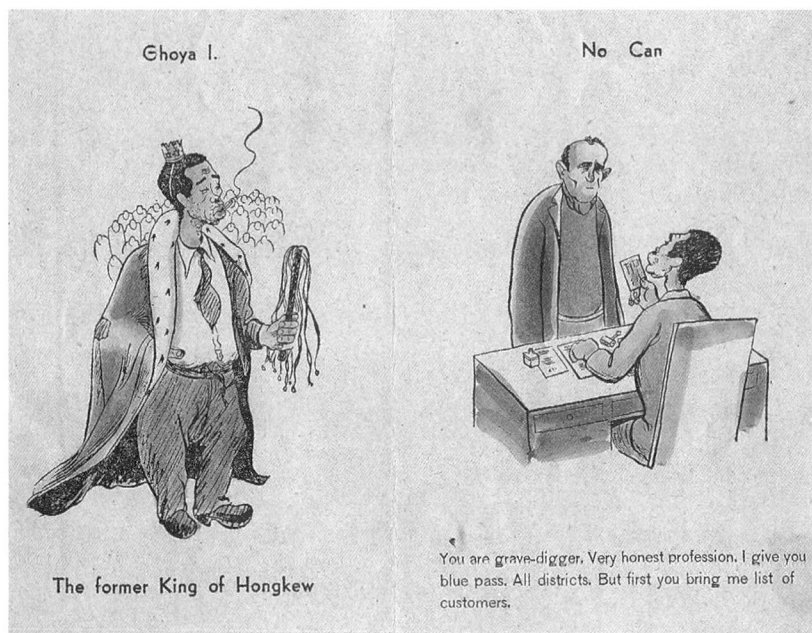

Ghoya I.　　　　　　　　　No Can

The former King of Hongkew

You are grave-digger. Very honest profession. I give you
blue pass. All districts. But first you bring me list of
customers.

《合屋漫画》讽刺了他的自大、无常与残酷

证以带女儿外出看病。当时合屋情绪非常激动,把父亲的头按在
桌子上,恰亚父亲有很长的胡子,合屋举起一把军刀。"我以为他会
砍掉我父亲的脑袋,最后他砍断了我父亲的胡子,我吓得一句话都
说不出来。"

　　毕业于震旦大学的瑞娜·克拉斯诺小时候也常常从家人朋
友的谈话里听说有关合屋的残暴故事。在她母亲的朋友马克斯
看来,这个日本男人简直丧心病狂。性格直爽的马克斯是个犹
太商人,经营一家男子服饰用品店,有次他看到臭名昭著的合屋
带着孩子走进店来。一见这个面目可憎的日本人,马克斯就感
到浑身上下充满了压抑不住的怒火,他迎上去对着合屋叫道:

"难道你没有看到吗，我的货架都是空的！不论如何我都不卖东西给日本佬！"

合屋冷冷地瞥了马克斯一眼，可能是由于带着孩子的关系，他当时并没有发作，但让马克斯明天去他的办公室。

合屋离去之后，马克斯的朋友们都已经吓得愣住，纷纷责怪他一时冲动不顾后果："你疯了吗！他会杀了你！"这件事像野火一样在隔离区传开，马克斯被大家看成是一个可怜的将死之人。次日，他怀着惊恐不安的心情来到合屋办公室。合屋起先没有提前一天发生的事情，只是问了几个一般的问题，接着就蓦地从办公桌后面冲过来，残忍地不断殴打马克斯。最后合屋打到力竭终于住手，马克斯忍受了这些如狂风暴雨般砸在身上的拳头，用尽最后一丝力气挣扎着抬起头逼视合屋的双眼说道："合屋先生，战争马上就要结束了，我永远也不会忘记你所做的一切！"

这一刻马克斯早已将生死置之度外，躺在地板上准备好了迎接一切。但合屋起身回到了他的座位上，挥手让马克斯马上离开。

这次合屋居然就这样善罢甘休，这一出人意料的举动，也让大家确信战争真的即将结束。不然的话，合屋可能会把马克斯杀死。

接着，上海终于迎来了胜利，隔离区的犹太难民迎来了黎明的曙光。当时，战败的日本人都被安置在一个营地等待遣返，合屋也在其中。1945年8月战争结束后，马克斯的一位美国大兵远亲来店铺看望他。在听说了合屋对犹太难民的所作所为后，美国大兵非常生气，立即拉着马克斯去收拾合屋。蜷缩在营地一角的合屋一看到他们就跪倒在地上求饶。但这不能平息曾经饱受他欺凌的

斯·谢德林格(中)
和他的朋友(左)在
战后曾狠揍合屋

难民们的怒火,周围的犹太人也纷纷聚集过来,把合屋团团包围。

这个曾经不可一世、嚣张跋扈的虐待狂倒在营地里发出声声哀嚎,终于退出了历史舞台。

(汝乃尔根据《犹太人忆上海》相关内容整理)

德国日本投降日
犹太难民喜庆时

Jewish Refugees Joyously Celebrated the V-J Day

日本法西斯终于被打败了，胜利消息传来，整个城市笼罩在喜悦之中，寄居上海的犹太难民也是一片欢腾。本文截取了这历史瞬间上海犹太难民的反应，从不同角度、不同人物呈现了这个历经磨难的民族迎接光明的喜悦。

Japanese Fascism was finally defeated. When the news of victory came, the whole city was in the joyful atmosphere and so were the Jewish refugees lodging in Shanghai. This article captures the reactions of the Jewish refugees in Shanghai at this historical moment from different perspectives and characters to reflect the happiness and joy this suffering nation had when its people embraced the victory.

　　1945年，日本的败势已定。年初有消息传来，美英俄三大国举行了雅尔塔会议，确立了新的世界格局。至此，第二次世界大战已行将结束。4月28日，墨索里尼被杀，德国投降的消息也传到上海。日本人在加紧治安和宵禁的同时，开始对其家眷和辎重物品装船运回日本，加紧撤退步伐。同时，上海四周的共产党游击活动也日益活跃。黎明的曙光终于显现，上海的犹太难民在经历了漫漫长夜之后，怀着殷切的希望等待着战争的结束。

　　广岛和长崎的两颗原子弹，给日本带来了毁灭性的打击。1945年8月15日正午，日本天皇向全国广播了接受《波茨坦公告》、实行无条件投降的诏书。历史终于翻开了新的一页！

　　和平到来之际，乔治·赖尼希正在由赛法迪犹太人霍瑞斯·嘉道理先生创办的学校内上课。当老师气喘吁吁地闯进教室，宣布了这则天大的喜讯时，大家纷纷按捺不住激动的心情，高声呼喊。校长来到师生中间深情致辞："我想对大家宣布，战争终于结束！我谨此衷心祝愿你们和你们的家人在未来的努力中继续交上好运。今后，无论你们去往哪里，都要记住，务必做一个诚挚而优秀的公民，为接纳你们的国家竭诚效力！"

　　对于新生活的欣喜之情洋溢在学校的每一个角落。同时，战争的经历也让乔治深深铭记，有600万犹太兄弟姐妹在这场战争中死于最恐怖最惨无人道的屠杀，侥幸活着的人们也忍受了无家可归和饥饿及疾病的煎熬。这胜利是多么的来之不易。

　　与此同时，喜悦笼罩了整座城市，上海的犹太难民沉浸在胜利之日的欢欣之中。

　　尽管饱受战争的威胁，前途莫测，犹太难民们依旧充满着永不泯灭的希望，他们在上海与中国人民一起并肩作战，并且从事着杰出的科学文化和商业活动，这显示了犹太民族的无畏勇气和不懈进取。

两个犹太难民和墙上大写的 V 标志

虹口隔离区入口处墙上绘有"二战"战胜国国旗

　　已在上海闯荡谋生了6年的犹太人弗兰克·塞莱格在难民营营地大门口升起了一直保存着的美国国旗，每一侧还有两个大的"V"形胜利标志。之后，他在美军事务部找到了新的工作，开始了新的征程。

　　就读于震旦大学的俄国犹太人瑞娜·克拉斯诺一家同样是万分激动地迎来了和平的喜讯。入夜，瑞娜和姐妹们将灯火管制使用的严实窗帘拉开，多年来第一次看到了邻居家的灯光，人们打破了宵禁，开始在街上大声说话，瑞娜的母亲打开了两听准备重大喜庆时用的菠萝罐头。

在华德路上，以开书店营生的犹太人莉丝贝斯·洛温伯格也取下遮光罩打开了灯，她像周围的每个人一样，都为摆脱黑暗重获自由而欢欣鼓舞。

当英美军舰排着队沿着黄浦江抛锚停泊时，万头攒动的人群更是近乎疯狂地欢迎盟军水兵。霞飞路上挤满了纵情欢闹的人们，不管是中国人、欧洲人还是犹太人，陌生人之间相视而笑，握手拥抱，胜利属于上海！

街灯大放光明，焰火噼啪作响，在经历了多年的恐怖岁月和前途未卜的日子后，上海的犹太人民在庆祝一个新时期的开端：和平到来！

(汝乃尔执笔)